KB268619

청산 新무협 판타지 소설

惡中俠
악중협

FANTASTIC ORIENTAL HEROES

악중협 4

청산 新무협 판타지 소설

초판 1쇄 찍은 날 § 2009년 2월 9일
초판 1쇄 펴낸 날 § 2009년 2월 16일

지은이 § 청산
펴낸이 § 서경석

편집장 § 문혜영
편집 § 정서진 · 주소영

펴낸곳 § 도서출판 청어람
등록번호 § 제1081-1-89호
등록일자 § 1999. 5. 31
어람번호 § 제2-1676호

주소 § 경기도 부천시 원미구 심곡2동 163-2 서경B/D 3F (우) 420-822
전화 § 032-656-4452 팩스 § 032-656-4453
http://www.chungeoram.com
E-mail § eoram99@chollian.net

ⓒ 청산, 2008

ISBN 978-89-251-1678-5
ISBN 978-89-251-1587-0 (세트)

惡中俠

악중협

4

밝혀진 흉수

청산 新무협 판타지 소설

FANTASTIC ORIENTAL HEROES

目次

第三十一章
충격적인 참극

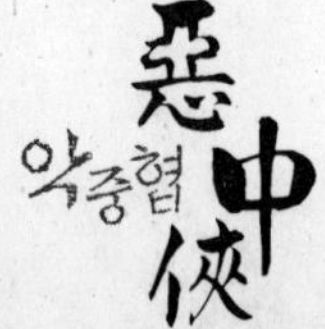

1

사도의 수법 중 하나인 최환연음술(催喚連淫術)은 일종의 방중술이다. 사내든 계집이든 이 수법에 취하면 지극한 쾌락에 젖어 제정신을 차릴 수 없다.

무불악은 심로에게서 배운 최환연음술을 펼쳐 잠자리 시중을 들러 온 요미(姚眉)를 완전히 휘어잡았다.

"하아… 하아……!"

요미는 깊은 최면에 빠져 무불악이 몸을 일으켰는데도 저 혼자 허리를 들썩이며 신음을 토했다.

누군가 외부에서 감시하고 있다고 해도 가쁜 신음 소리로 인해 요미가 여전히 무불악과 방사를 펼치고 있다고 짐작할 수밖에 없을 것이다.

　침소를 나선 무불악은 투덜거리며 옷을 걸쳐 입었다.

　'젠장, 한참 즐겨야 하는데 중도에 방사를 끊으려니 기분 더럽군. 제법 뜨거운 계집이었는데 말이야.'

　무불악은 간장검도 챙기지 않은 채 창문을 통해 연기처럼 빠져나갔다.

　짙은 어둠만을 골라 이동하는 그의 움직임은 흡사 유령과 같아 감시자가 있다고 해도 발견하기가 쉽지 않았다.

　별채를 빠져나온 무불악은 담장 가에 심어진 나무 위로 올라섰다. 그는 무성한 나뭇잎 속에 몸을 숨긴 채 별채 곳곳을 살펴보았다.

　별채 외곽에 잠복해 있는 자들이 눈에 띄었다.

　모두가 야행복을 입은 것으로 미루어 외부의 침입자를 저지하기 위한 호위로는 생각되지 않았다. 한운지가 지적한 대로 별채의 두 사람을 감시하는 자들이 분명했다.

　'새끼들이 혹시 운지의 잠자는 모습까지 지켜보는 것은 아니겠지? 감히 그랬다가는 눈알을 모두 뽑아버리겠다.'

　무불악은 자신의 침소가 있는 전각을 향해 귀를 기울였다. 희미하지만 요미의 끈끈한 신음 소리를 들을 수 있었다.

　'계집에, 내가 돌아올 때까지 저러고 있어야 하니 목 좀 쉬겠군.'

　무불악은 피식 실소를 짓고는 황금문의 내원 방향으로 몸을 날렸다.

황금 궁전.

달빛 아래 보이는 으리으리한 궁전은 그야말로 이야기 속에서나 있을 법한 화려한 건물이었다.

황금 지붕에 은 기둥, 옥돌을 쪼아 쌓아올린 담과 수정 계단, 황궁에서도 찾아보기 힘든 유리 창문…….

그나마 달빛 아래이기에 궁전을 바라볼 수 있었지 만일 낮이었다면 태양빛에 반사돼 눈이 부셔 차마 직시하지 못했을 것이다.

내원 담장을 넘어선 무불악은 눈앞에 펼쳐진 황금 궁전의 화려함에 입을 딱 벌렸다.

황금 지붕서부터 수정 계단까지 찬찬히 훑어본 무불악은 본능적인 분노에 젖었다.

'우라질 놈의 늙은이. 꼭 이렇게 호사를 부려야겠어? 이런 늙은이를 도와줘야 할 이유가 없잖아?'

무불악은 냉정하게 발길을 돌리려 했지만 한운지를 생각해 마음을 바꾸었다.

'그래, 운지의 부탁이니 한번 만나 보기나 하자.'

그는 은신술을 전개해 황금 궁전을 향해 이동했다.

옥면잔사에 의해 살해된 악인들 중 독목투살은 특급 자객으로 구중궁궐도 침투할 수 있는 은신술을 지녔다. 귀곡심악은 다른 악인들의 절기를 두루 알고 있었고 그의 지식은 무불악에게 고스란히 전수되었다.

무불악이 도박, 투도, 심계, 살법 등 다양한 능력을 지닐 수 있었던 것도 악인들의 장기를 대부분 배웠기 때문이다.

은신술을 전개해 경비무사들을 지나친 무불악은 열린 창문 틈새로 스며들었다.

검마 구주파천이 선사한 백독신단 덕분인지 그의 공력은 예전에 비해 크게 증진되었다. 덕분에 그는 의천무경의 상승 신법을 팔성까지 터득했기에 옷자락 소리 하나 내지 않고 몸을 날릴 수 있었다.

황금 궁전 내부 역시 지극히 호화로웠다.

천장까지의 높이가 무려 십 장에 달했고 천장에는 야명주가 박혀 있어 마치 밤하늘의 별을 보는 것만 같았다.

'예미, 갈수록 백 늙은이를 때려죽이고 싶군.'

궁전 내부에는 곳곳마다 시비들이 다소곳하게 선 채 대기해 있었다. 시비들은 상전의 기침 소리만 나도 침소로 달려가도록 훈련돼 있었다.

무불악은 높은 천장을 타고 이동하다가 백만복의 침실로 들어섰다.

으리으리한 침실의 정경에 무불악은 또 한 번 압도되었다.

침실이 얼마나 넓은지 건너편 창문이 손바닥처럼 작게 보였다. 휘장이 둘러진 원형 침상은 서른 명이 동시에 자도 남을 만큼 컸다.

무불악은 휘장을 밀치고 침소 안으로 들어섰다.

백만복은 초대형 원형 침상의 끄트머리에서 자고 있었다. 침상이 워낙 크다 보니 사람이 아니라 마치 버러지 한 마리가 웅크리고 있는 듯한 모습이었다.

무불악은 침상 위를 밟으며 백만복 옆으로 다가섰다.

"백 문주, 어서 일어나시오."

백만복이 스르르 눈을 떴다. 입에서 독한 술 냄새가 푹푹 풍겼지만 깊이 잠들어 있지는 않은 것 같았다.

몸을 일으켜 앉은 백만복은 자신을 찾아온 사람이 무불악임을 확인하고는 다소 실망스런 표정을 지었다.

"콜록, 무 공자셨구려."

"당연하지. 운지가 얼마나 정숙한 여인인데 야심한 시각에 외간 사내의 침소에 들겠소?"

"그런 의미가 아니라… 한 소저라야 이 늙은이의 고충을 이해해 줄 수 있기 때문이오."

"할 말이 있으면 나한테 하시오. 운지한데 고스란히 전해 줄 테니까. 하지만 도움은 크게 기대하지 않는 게 좋을 거요. 날이 밝는 대로 이 냄새나는 곳을 떠날 테니까."

백만복은 나직이 한숨을 내쉬었다.

"무 공자, 나는 한 소저를 위해 화혈독비의 해독단을 아무 런 대가 없이 내드렸소. 콜록, 내가 단지 가진 것이 많다는 이유로 미워하지는 마시오."

"백 문주, 공연히 불쌍한 척하지 말고 할 말이나 빨리 하시오. 어서 요미한테 돌아가 마저 품어야 하니까."

무불악의 닦달에 백만복은 잠시 고심하다가 입을 열었다.

"나는 지금 천풍무국의 꼭두각시로 살아야 하는 고충을 겪고 있소. 내가 평생 이룬 엄청난 재물이 천풍무국으로 흘러들어 가고 있지만 무기력하게 지켜볼 수밖에 없는 상황이오. 콜록."

"천풍무국 놈들이 백 문주를 위협하고 있소?"

"나는 이미 살 만큼 살았소. 하지만 내 아들들과 손자들 만큼은 지키고 싶소."

"그러니까 백 문주의 자식과 손자가 천풍무국에 납치돼 있는 상황이라 놈들의 요구를 들어줄 수밖에 없다 이거로군?"

"그렇소. 더군다나 나는 삼상들의 감시를 받고 있는 상황이라 식솔들을 구출할 엄두도 낼 수가 없소. 제발 도와주시오, 무 공자."

백만복은 눈물까지 글썽이며 간곡하게 청했다.

무불악은 조소를 머금으며 냉담하게 거절했다.

"꿈도 꾸지 마시오. 내가 천풍무국에 잠시 침투한 적이 있었는데 그곳에서 당신 자식과 손자들을 빼내온다는 것은 불가능하오. 나는 당연히 응하지 않겠지만 한운지도 절대 나서지 못하게 할 거요. 당신 집안 문제 때문에 위대한 협녀가 다

쳐서야 되겠소?"

"무 공자, 이것이 어찌 우리 백씨 가문만의 문제겠소? 천풍무국은 사악한 무리들로 저들은 조만간 천하 정복에 나설 것이오. 그리된다면 얼마나 많은 사람들이 피를 흘려야 하겠소? 만일 내 혈족을 구해준다면 천풍무국 괴멸을 위해 본 문의 모든 재력을 바칠 것이오."

"세상 놈들이 죽건 말건 나와 무슨 상관이야?"

무불악은 침상에 내려섰다.

"하여간 당신이 마음에 들지 않아 도와주고 싶은 마음은 눈곱만치도 없소. 무엇보다 침상이 너무 큰 게 기분 나빠. 이 큰 침상에서 계집들 수십 명을 한꺼번에 불러 즐겼을 것 아냐?"

무불악이 터무니없는 트집을 잡자 백만복은 침울한 어조로 대답했다.

"무 공자, 침상이 크다는 것은 불행이오. 나는 누가 내 재물을 빼앗아갈까 두려워 밤새 뒤척이다가 수없이 침상에서 떨어졌소. 그래서 커다란 침상으로 바꾸었지만 아직도 자다가 바닥으로 떨어지곤 하오."

"그러기에 적당히 벌었어야지?"

무불악은 냉소를 치고는 침소를 나섰다.

"운지에게 얘기를 전하기는 하겠지만 기대는 마시오."

"무 공자."

침상에서 내려선 백만복이 털썩 무릎을 꿇었다.

"내 일족만 구해준다면 황금문의 전 재산을 바치겠소."

무불악을 그를 훑어보고는 의미심장한 미소를 머금었다.

"그렇다면 조금 생각해 봐야겠군."

자신의 침소로 돌아온 무불악은 급히 옷을 벗고 침상으로 올랐다.

최환연음술에 빠져 있는 요미는 아직도 깨어나지 못하고 저 혼자 허리를 들썩이며 신음을 토하고 있었다.

무불악은 요미를 끌어안고는 최환연음술을 해소시켜 주었다.

"이제 제대로 즐겨볼까?"

다음날 새벽.

무불악은 한운지를 강제로 이끌다시피 황금문을 나섰다. 한운지는 최소한 백만복 문주에게 작별 인사는 올려야 한다며 통사정을 했지만 무불악은 귓등으로도 듣지 않았다.

두 사람은 황금문의 관할 지역을 벗어난 마을에서 아침 식사를 했다.

한운지의 표정이 시무룩했다.

"이건 정말 도리가 아닙니다. 황금문주는 제 목숨을 구해주신 은인과 다름없어요. 어떻게 작별 인사도 고하지 못하게 한 겁니까?"

"생사천명단을 구해온 사람은 나야. 내가 황금문 소속 도박장을 찾지 않는다는 조건으로 해독단을 받은 거다. 황금문 놈들은 적어도 백만 냥은 굳었다고 보면 돼. 그 정도면 약값으로 충분하잖아?"

"무 공자, 소녀의 목숨 값이 고작 은자 백만 냥밖에 안 된단 말입니까?"

한운지가 정색하며 따지듯 묻자 무불악은 일순 당혹스러웠다.

"운지, 백 냥이 아니고… 백만 냥이다. 물론 네가 싸구려 계집이 아닌 것은 알지만… 백만 냥이 뉘 집 애 이름은 아니잖아?"

"분명하게 말씀하세요. 소녀가 백만 냥짜리 계집밖에 안 되는 겁니까?"

"그… 그건 아니지. 내가 백만 냥짜리 은표를 안겨도 너는 하룻밤을 허락하지 않을 테니… 그보다는 비싸겠지."

"공자, 사람 목숨은 결코 은자로 환산할 수 없는 무가지보입니다. 백만 냥이든 천만 냥이든 사람의 목숨 값에 은자가 매겨진다는 것 자체가 잘못된 겁니다."

"그래, 알았다……."

무불악은 다소 주눅이 들었다가 갑자기 본성을 드러냈다.

"가만, 이 계집애가 지금 누구한테 훈계를 하는 거야? 내가 그렇게 우습게 보여?”

무불악이 버럭 소리치자 이번에는 한운지가 화제를 바꾸었다.

“참, 백 문주는 만나 보신 거죠?”

“그 골골한 늙은이는 내가 왜 만나? 너도 듣는 귀가 있었으니 내 처소에서 밤새 신음 소리가 울려 퍼진 것을 모두 들었을 거 아냐?”

한운지는 눈가를 붉히며 그의 시선을 피했다.

“공자, 서둘러서 황금문을 나온 연유가 백 문주의 부탁 때문인 줄 압니다. 괜한 말씀 마시고 어서 얘기해 주세요.”

“얘기할 것 없어. 지극히 개인적인 문제이니까.”

“만일 그것이 천풍무국과 연루되어 있다면 절대 개인적인 문제가 아닙니다. 천하의 운명과 결부돼 있는 중대 사안이니어서 말씀해 주세요.”

“젠장, 정말 귀찮게 만드는군.”

무불악은 아침부터 술을 주문해 마셨다. 그는 백만복의 고충을 상세하게 말해주고는 한마디 덧붙였다.

“도움을 바라지 말라고 했으니까 신경 쓸 것 없어.”

“그렇듯 야박하게 말씀하셨단 말입니까?”

“그럼 어떻게 해? 천풍무국에는 일만에 달하는 전사들이 바글거리는데 무슨 재주로 침투해서 인질들을 구출해 올 수 있겠냐? 공연히 흉악한 놈들만 자극해 백씨 혈족이 몰살될 수 있다고."

한운지는 어두운 신색이 되어 한숨을 내쉬었다.

"아, 정말 안타깝군요. 혈족이 인질로 잡혀있으니 백 문주로서는 얼마나 애간장이 타겠어요? 백 문주는 전 재산을 털어서라도 혈족을 구하고 싶을 겁니다. 돈이야 또 벌 수 있으니까요."

"골골 영감도 그런 소리는 하더라고. 혈족을 구해준다면 자신의 전 재산을 바쳐 천풍무국을 괴멸시키는 일에 일조하겠다고 말이야. 하지만 막상 구해주면 얘기가 달라질 거야. 본래 뒷간 들어갈 때와 나올 때가 다른 법이잖아?"

"공자, 어쩌면 이번이 천풍무국의 사세를 위축시킬 수 있는 절호의 기회일 수 있습니다. 거대 집단을 경영하는 데는 막대한 자금이 소요됩니다. 자금줄이 끊어진다면 천풍무국의 수뇌부는 크게 동요할 것입니다. 저들이 내부적으로 와해된다면 천하의 혈란을 사전에 방비할 수도 있습니다."

한운지의 열띤 모습과 달리 무불악은 무료한 표정으로 하품을 해댔다.

"운지, 난 지금 내 개인적인 복수를 하기에도 벅차. 세상은 네가 나서지 않아도 알아서 돌아가게 돼 있어. 이번 일은 일성쌍궁이 나서야 마땅하다. 일성쌍궁은 자신들의 기득권을 잃지 않기 위해 천풍무국의 진출을 저지하고 싶겠지. 어느 놈이 뒈지든 그것이 운명이다. 너는 오대천마, 아니, 혈마는 내 손에 죽었으니 사대천마를 제거하는 게 임무잖아?"

"사대천마 중 철마와 장마가 천풍무국의 봉공인 만큼 이번 사안은 제 사명과도 직결됩니다. 그리고… 천풍무국의 수괴가 무 공자가 그토록 찾고자 하는 원수일 수도 있지 않습니까?"

"괜한 말로 날 엮을 생각 마. 천풍무국의 국주는 천향무후라는 계집이라면서?"

"확실하지 않다고 말씀드렸잖아요? 백을천 소성주 역시 정확한 정보는 아니라고 했어요."

"하여간 난 관심없어. 네가 나설 상황은 아니니 너도 잊어버려."

"아니요!"

한운지가 결연한 모습으로 응수했다.

"개인적으로는 백 문주에게 보답하기 위함이며, 대의적으로는 천하의 안녕을 위해 백 문주의 혈족들을 꼭 구출하겠어요."

무불악이 가소롭다는 듯 조소를 머금었다.

"너 혼자 무슨 수로 천풍무국에 잠입하겠다는 거냐? 게다가 골골 영감의 식솔들이 한두 놈이 아닐 텐데 어떻게 구출할 수 있겠어?"

"왜 소녀 혼자라고 하십니까? 멸사신룡은 천풍무국의 내성까지 침투했던 분입니다. 소녀가 불패성을 찾아가 부탁드리면 만사를 제쳐두고 동행해 주실 겁니다.”

한운지가 백을천을 거론하자 무불악의 표정이 험악하게 구겨졌다.

“염병, 백을천 그 녀석은 왜 또 들먹이는 거냐?”

무불악은 거푸 술잔을 비우고는 신경질적으로 내뱉었다.

“운지, 넌 빠져! 구출에 나선다 해도 나와 백을천이 침투할 테니까!”

2

묘족 원정.

앞서 남양왕부를 떠난 선발대는 이미 국경선에 이르러 영채를 세우는 중이고, 남양왕이 친히 나선 중군은 호남선 경계에 이르렀다. 원정군의 규모는 총 오만으로 중군만 삼만 명이 넘었다.

원정군은 날이 저물자 산기슭에 영채를 세웠다.

남양왕을 위한 군왕의 막사는 영채의 가장 중심에 세워졌고 주변으로 수천 개의 막사가 동심원을 그리며 포진했다.

삼경 무렵.

영채 주변을 밝힌 횃불만 드문드문 보일 뿐 막사에 든 병사들은 깊은 잠에 빠져 있었다.

이때 군왕의 막사에서 하나의 검은 인영이 소리없이 빠져

나왔다. 두 눈을 제외하고 온통 검은 천으로 가린 야행인은 막사 사이의 좁은 통로를 지나 영채 외곽에 이르렀다.

영채 외곽은 수레로 둘러져 있었으며 조를 이룬 병사들이 횃불을 들고 수시로 주변을 순찰하고 있었다.

그러나 그들의 철저한 경계에도 야행인의 존재는 발각되지 않았다.

어렵지 않게 영채를 벗어난 야행인은 허공으로 훌쩍 뛰어올라 경공을 전개했다.

경이적인 상승신법인 어풍비행술이었다.

원정군의 진영과 삼백여 리 떨어진 남양왕부도 깊은 어둠에 싸여 있었다.

슈우우……!

야행인은 왕부의 높은 성벽을 가볍게 뛰어넘었다.

외공으로 들어선 야행인은 복잡한 전각 사이를 지나 빠른 속도로 이동했다. 야행인은 왕부 내부의 지리에 정통한지 한 번도 길을 잘못 들지 않았다.

남양왕이 원정을 떠났지만 성혜왕후가 머물러 있기에 왕부는 오천 군병들이 철저하게 지키고 있었다. 하지만 수시로 순찰을 나서는 병사들과 곳곳에 잠복해 있는 친위무사들의 경계도 야행인의 잠입을 막기에는 역부족이었다.

성혜전.

성혜왕후는 민감한 성격이라 작은 소음과 불빛에도 잠에서 깨기에 성혜왕후의 침소 주변은 비교적 어두웠다. 침소를 지키는 여인 호위들도 전각과는 다소 떨어져서 순찰을 돌았다.

야행인은 어둠을 타고 성혜왕후의 침실로 스며들었다. 침실에는 두 개의 작은 등잔만 밝혀져 있었다.

야행인은 휘장을 열고 침소로 들어섰다.

성혜왕후는 단정히 누워 자고 있었다. 잠자리에 들기 전에 화장을 지웠기에 본래의 모습이 고스란히 드러났는데 참으로 박색이었다.

야행인의 움직임은 조용했지만 성혜왕후는 상당히 민감한 여인이라 본능적으로 불길한 기운을 감지했다.

"……!"

번쩍 눈을 뜬 성혜왕후가 일어나 앉았다.

침소 안에 두 눈만 드러낸 야행인이 잠입해 있었으니 놀라 비명이라도 지를 상황이지만 성혜왕후는 황족답게 당황한 모습을 최대한 자제했다.

"원하는 게… 뭐냐?"

야행인은 차갑게 대답했다.

"네 목숨!"

성혜왕후는 가슴이 덜컥 내려앉아 부르르 떨었다.

"뭐, 뭐야? 대체… 넌 누구냐?"

그러자 야행인이 복면을 벗었다.

야행인의 본 모습을 접한 성혜왕후는 너무도 엄청난 충격에 젖어 벌린 입을 다물지 못했다.

"다… 당신……?"

일순 야행인의 손이 성혜왕후의 목을 후려쳤다.

퍼억!

목뼈가 으스러진 성혜왕후는 목이 뒤로 젖혀지며 그대로 절명했다.

이어 성혜왕후의 가슴으로 야행인의 손이 파고들었다. 가슴뼈를 으스러뜨리고 파고든 야행인의 손에 의해 성혜왕후의 심장이 터졌다.

대라신선이라도 되살릴 수 없는 완벽한 죽음이었다.

황제의 딸로 태어나 고귀하게 자라온 삶에 비해 참으로 비참한 죽음이었으니 알 수 없는 게 세상사였다.

맨손으로 성혜왕후의 심장을 터뜨렸지만 야행인의 손에는 피 한 방울 묻지 않았다. 마도의 전설적인 절기 천마파옥수(天魔破玉手)를 연성한 탓이다.

다시 복면을 뒤집어쓴 야행인은 침실 내의 문갑을 뒤져 값진 귀중품을 주머니에 쓸어 담았다. 본래 목적이 도적질이 아니었지만 그는 침실을 최대한 어지럽히고는 밖으로 나섰다.

어렵지 않게 남양왕부를 나선 야행인은 어풍비행술을 전

개해 호남성 경계로 날아갔다.

　　원정군 진영.

　　동이 트자 잠에서 깨어난 병사들은 출병에 앞서 밥을 짓고 영채를 해체하느라 부산을 떨었다.

　　갑옷을 걸치고 막사를 나선 남양왕은 무장들과 함께 나무 탁자에 둘러앉아 원정에 관한 얘기를 나누고 있었다.

　　식사가 준비되자 남양왕은 무장들과 함께 일반 병사들과 똑같은 식사로 아침을 먹었다. 군왕의 이런 모습은 무장들이나 병사들 모두에게 감동을 주기에 충분했다.

　　아침 식사를 마친 병사들은 영채를 뽑고 다시 행군을 시작했다.

　　남양왕도 친위대와 함께 행군을 준비했다.

　　이때 순찰무장이 달려와 보고를 올렸다.

　　"전하, 왕부에서 급한 파발이 당도했습니다."

　　"그래? 어서 데려오너라."

　　"예, 전하."

　　순찰무장은 오래지 않아 왕부에서 달려온 군관을 데려왔다.

　　군관은 남양왕에게 정중히 군례를 올리고는 밀봉된 서찰을 바쳤다.

　　"군주님께서 올리라는 밀서입니다."

"군주가……?"

서찰을 받아든 남양왕은 봉인을 뜯고 서찰을 펼쳐 보았다.

길지 않은 사연이었지만 남양왕은 엄청난 충격에 몸을 덜덜 떨었다. 그러나 많은 무장들이 지켜보는 와중이라 최대한 감정을 자제했다.

남양왕은 힘겹게 몸을 일으켰다.

"정남장군, 잠시 막사로 들게나."

"예, 전하."

정남장군은 심상치 않은 상황임을 직감하고는 다소 굳은 표정으로 남양왕의 뒤를 따라 군왕 막사로 들어갔다.

털썩!

막사로 들어선 남양왕은 의자에 주저앉으며 손으로 얼굴을 가렸다.

"크으… 이럴 수가! 어떻게… 이런 참변이 있어날 수 있단 말인가? 크으, 부인!"

정남장군이 놀라 가까이 다가섰다.

"전하, 대체 왕부에 무슨 일이 일어난 겁니까?"

"이럴 수는 없어……."

남양왕은 소리없이 눈물을 뿌리며 밀서를 건넸다.

밀서를 펼쳐 본 정남장군은 눈을 부릅뜨며 밀서의 내용을 거듭 확인했다. 그러다 현실임을 인식하고는 털썩 무릎을 꿇었다.

"크으, 전하! 어떻게 이런 망극한 일이……."

남양왕은 극도의 충격 속에서도 용케 의연함을 유지했다.

"장군이 잠시 원정군을 이끌게."

"이런 상태로는 원정이 불가합니다, 전하. 속히 회군하십시오."

"그럴 수는 없네."

남양왕의 결연한 답변에 정남장군은 놀라 고개를 쳐들었다.

"전하, 국상(國喪)을 당하면 치르던 전쟁도 멈추는 법입니다. 전하께서는 당장 회군하셔서 왕후마마의 장례를 치르셔야 합니다."

"본좌는 황명을 받들어 묘족 정벌에 나섰네. 한데 어찌 폐하의 윤허도 받지 않고 마음대로 회군할 수 있단 말인가? 게다가 이번 기회에 묘강을 정복하지 못하면 오랫동안 남방을 안정시킬 수 없네."

"하오나… 왕후마마께서 승하하셨지 않습니까?"

"당분간 비밀을 유지하게. 나는 친위대를 이끌고 왕부로 돌아가 장례 절차를 지시하고는 다시 원정군에 합류할 것이네. 그때까지 장군이 원정군을 지휘하게나."

"전하……."

남양왕은 정남장군을 일으켜 세웠다.

"왕후의 타계는 지극한 슬픔일세. 그러나 황명을 받은 군왕으로서 어찌 아녀자의 죽음 때문에 국가의 대사를 망칠 수 있단 말인가? 이는 폐하에 대한 불충일세."

남양왕은 병사들을 지휘할 수 있는 제왕검을 하사했다.

"행군을 최대한 서두르게. 본좌 또한 빠른 시일 내에 합류할 것이네."

두두두―!

남양왕과 친위대는 삼백여 리를 줄곧 달려 그날 저녁 남양왕부에 당도했다. 친위대는 왕부로 들어서자 즉시 말에서 내렸지만 남양왕은 그대로 말을 몰아 내궁까지 달려갔다.

성혜전 앞으로 수백 명의 군병들이 몇 겹으로 경비를 서고 있었다. 밝혀진 횃불로 인해 주변이 대낮처럼 환했다.

남양왕을 태운 말이 달려오자 군병들은 급히 좌우로 갈라서며 길을 내주었다.

이히힝―!

놀라운 기마술로 말을 멈춰 세운 남양왕은 내려섰다. 남양왕은 여전히 갑옷 차림이었다.

"전하를 뵈옵니다!"

군병들은 일제히 허리를 꺾으며 군례를 올렸고 남양왕은 그들 사이를 지나 성혜전으로 들어섰다.

성혜전 전각으로 향하는 보도 좌우로는 성혜전을 경비했

던 여인 호위들이 머리를 풀어헤친 채 부복해 있었다. 그녀들은 성혜왕후를 제대로 경호하지 못한 죄인으로서 처분을 기다리고 있었다.

돌계단 앞에 이른 남양왕이 칼을 뽑아 들었다.

"이런 쓸모없는 것들!"

남양왕은 가까이에 있는 여인 호위들을 마구 벴다. 군왕의 진노에 십여 명의 여인 호위들은 목숨을 잃었다. 그러나 왕부의 엄한 법도를 고수했기에 비명 소리 하나 들려오지 않았다.

쨍그렁!

남양왕은 피에 젖은 칼을 내던졌다.

"죽을죄를 지었지만 오랜 세월 성혜전을 지켜온 공이 있으니 잘 묻어줘라. 다른 호위들은 추후 벌을 받게 될 것이다."

여인 호위들은 일제히 고개를 조아렸다.

"자비에 감사드립니다, 전하."

소복 차림의 화운군주 주약란이 침소 바깥에 꿇어앉아 비통한 눈물을 뿌리고 있었다.

"어머님… 흑흑, 어머님……."

주약란은 성혜왕후의 싸늘한 주검이 발견된 아침부터 시신이 수습될 때까지 통곡을 하다가 잠시 혼절하기도 했다. 겨우 깨어난 주약란은 전의의 간곡한 만류도 뿌리치고 다시 성혜전을 찾아와 통곡하고 있는 중이었다.

"약란아……."

남양왕이 침실로 들어서자 주약란은 남양왕의 바짓가랑이를 움켜쥐며 절규했다.

"아버님! 흑흑, 제발 어머님을 살려주십시오. 어머님을 살려주세요, 흑흑흑……."

"군주, 진정하거라."

남양왕은 주약란을 일으켜 세우고는 따뜻하게 포옹했다.

"상심이 지나쳐 심약한 네가 상할까 그것이 걱정이다. 자, 이리 앉거라."

남양왕은 주약란을 의자에 앉히고는 따뜻한 차를 따라 건넸다.

"자, 마시려무나."

"흑흑, 아버님. 너무도 원통합니다."

"오냐, 이 아비 또한 비통한 마음을 금할 수 없구나. 하지만 황족은 슬픔도 이겨내야 한다. 힘들고 괴롭더라도 충격을 가라앉히고 네 엄마의 명복을 빌어주어라."

"예, 아버님."

주약란이 차를 한 모금 마시자 남양왕은 어깨를 다독여 주었다.

"일단 네 엄마를 잠시 만나고 오겠다. 그동안 천천히 차를 마시고 있거라."

남양왕은 서글픈 웃음을 띠고는 침소로 들어섰다.

염을 마친 상태로 성혜왕후는 생전의 모습처럼 짙은 화장을 하고 있었다. 화려한 왕후의 예복을 입고 침상에 단정히 누워 있었기에 언뜻 죽은 사람이라고는 생각되지 않을 정도였다.

"부인… 내가 왔소."

남양왕은 침상가에 걸터앉으며 성혜왕후의 손을 쥐었다.

"미안하오… 내가 너무 늦게 왔구려."

남양왕의 수려한 얼굴이 온통 눈물로 젖었다. 군왕은 통곡해서는 안 된다는 법도 때문에 마음껏 곡도 하지 못하기에 지극한 슬픔을 눈물로만 대신해야 했다.

남양왕은 한참 동안 애도의 눈물을 흘리고는 침소를 나왔다.

주약란은 남양왕의 귀환으로 인해 크게 위안을 받았는지 다소 안정된 모습이었다. 남양왕은 원탁을 사이에 두고 주약란과 마주 앉았다.

"모두 아비의 불찰이다. 아비는 친정(親征)에 나서지 말았어야 했다. 아비가 왕부만 떠나지 않았다면 이런 일이 없었을 것이거늘……."

남양왕이 심하게 자책하자 이번에는 주약란이 위로해 주었다.

"고정하십시오, 아버님. 너무도 망극한 참변이지만… 하늘의 뜻인 것을 어찌하겠습니까?”

이때 문상 제갈정이 들어와 부복했다.

“전하, 소신의 불충과 대죄를 죽음으로 다스려 주십시오. 크흑흑……”

남양왕이 준엄한 어조로 물었다.

“어찌 된 사연인지 상세하게 고하라.”

“예, 전하. 흉수가 언제 어떻게 성혜전에 침투했는지는 전혀 알 수가 없습니다. 이른 새벽에 마마의 잠자리를 살피러 들어간 시비가 승하하신 마마를 발견할 때까지 이런 참담한 변괴가 있는 줄은 누구도 몰랐습니다.”

“왕후는 어떻게 피살된 것이냐?”

제갈정은 힐끗 주약란의 반응을 살피고는 남양왕에게 나직이 아뢰었다.

“마마께서는 목뼈가 분질러지고 가슴이 으스러져 심장이 터지는 참변을 당하셨습니다.”

“으음……”

“소신 판단컨대 묘족들이 자객을 파견한 것이 아닌가 싶습니다.”

“자객이라고?”

“그렇습니다. 이렇듯 감쪽같은 침투는 무림계의 특급 자객만이 가능합니다. 놈들은 마마를 시해해 묘강 원정을 중단시키려는 것이 목적이었을 겁니다.”

남양왕은 무거운 신음을 토하고는 가볍게 탁자를 내려쳤다.

"문상은 당장 황제께 왕후의 부고를 고하되 평소의 지병으로 타계한 것으로만 문서를 작성하라. 또한 성혜전 호위들의 입단속을 단단히 해 왕후가 피살되었다는 사실이 외부로 흘러 나가지 않도록 주지시켜라. 행여 풍문으로도 왕후의 피살이 거론된다면 문상을 비롯한 성혜전 호위들 모두를 참할 것이다."

제갈정의 얼굴에서 핏기가 싹 가셨다.

"며… 명심하겠습니다."

"당장 예법에 따라 빈소를 설치하고 장례를 준비하라."

"예, 전하."

제갈정이 나가자 주약란이 조심스럽게 말했다.

"아버님, 이제 무거운 갑옷을 벗으십시오. 먼 길을 오시느라 고단하실 테니 잠시 휴식을 취하세요."

"그럴 여가가 없다. 아비는 내일 아침 다시 출정해 원정에 합류할 것이다."

"예에……?"

"아비는 황명을 받들어 출정한 몸이다. 이는 국가의 대사다. 한데 왕후가 타계했다 하여 출정을 중단한다면 이는 황명에 대한 거역이다."

"하오나 어머님께서는… 피살이라는 참변을 당하신 것이 아닙니까?"

"안다. 하지만 황명이 우선이다. 게다가 한번 전장에 나선 장수는 적을 무찌르고 개선할 때까지 부모가 상을 당해도 함부로 돌아올 수 없는 법이다. 아비는 어린 네가 큰 충격을 감당할 수 없을 것이 우려돼 잠시 들렀을 뿐이다. 내일 아침 아비가 출정하면 네가 상주가 되어 장례를 주도해야 할 것이다."

주약란은 두려운 마음에 다시 눈물을 흘렸다.

"흑, 아버님. 소녀는 너무도 두렵습니다."

"약란아."

남양왕이 자리에서 일어서 다가섰다.

"너는 당당한 군주의 몸이다. 또한 금상폐하의 친조카인 존귀한 신분이 아니더냐? 아비를 대신해 네가 장례를 잘 치르리라 믿는다."

"아버님……."

"아비는 속히 전쟁을 끝내고 돌아올 것이다. 그때 아비는 네 엄마의 능 옆에 초막을 짓고 평생토록 애도하며 살 것이다."

남양왕은 주약란의 어깨를 가볍게 감싸 쥐었다.

"너만 믿겠다, 군주."

다음날 아침 남양왕은 다시 원정길에 올랐고 성혜왕후의 부고가 공식적으로 공표되었다.

주약란은 화운전의 호위장인 양설군(楊雪君)을 자신의 처소를 은밀히 불렀다.

"양 호위장은 강호 출신이라 하던데 사실인가?"

"예, 군주님. 속하는 아미파의 속가제자였습니다."

"그럼 무림에 대해 잘 알겠군?"

"조금은 알고 있습니다."

"천기무화는 어떤 존재이지?"

"지난번 묘족 오랑캐들로부터 군주님을 구출해 온 한 여협을 말씀하시는군요? 한 여협은 위대한 성자 천등성현의 의발 전인으로 당대 최고의 재녀입니다. 무공과 학식, 기예 어디 하나 부족함이 없으며 심성 또한 맑고 정의롭습니다. 가히 무림정의의 화신이라 할 수 있습니다."

"그렇다면 신뢰할 수 있다는 얘기로군."

"그렇습니다. 능히 신뢰할 수 있는 여인입니다."

"좋아요."

주약란은 바깥 동정을 힐끗 살피고는 목소리를 낮추었다.

"당장 출타해 천기무화를 찾아가 내 말을 전해. 어머님의 부고를 알리고 조문을 와달라고 해."

"그것이 전부입니까?"

"그래, 대신 이번 지시는 양 호위장만 알고 있어야 돼."

"알겠습니다."

양설군은 예를 표하고 전각을 나갔다.

주약란은 창밖을 응시하다가 입술을 꼭 깨물었다.

"어머님, 반드시 원수를 찾아내 복수하겠습니다. 결코 용서치 않을 거예요. 결코………."

第三十二章
마왕들의 죽음
第三十二章

1

불패성 서고.

성주 엽운청은 탁자 위에 서책을 수북하게 쌓아놓고 신중하게 검토하고 있었다. 서책은 약학과 의술, 독술에 관한 서책들로 세상에서는 찾아보기 힘든 희귀본들이었다.

수일째 서고에서 수백 권의 서책을 샅샅이 살핀 엽운청은 깊은 탄식을 토했다.

"허어, 정말 방도가 없단 말인가?"

엽운청은 탁자 주변에 널려 있는 서책을 훑어보고는 고개를 저었다.

"화혈독비가 비록 악마의 병기라 하지만 해독이 정녕 불가능하단 말인가?"

천기무화 한운지가 화혈독비에 적중되었다는 소식은 이미 천하를 진동시키고 있었다.

많은 의협들은 이를 안타깝게 여겨 해독단을 찾아 나섰고 명문정파에서도 화혈독비의 극독을 해독하기 위한 방도를 찾기 위해 먼지로 덮인 고서를 뒤졌다.

천기무화로 인해 천하인들은 세상에 화혈독비라는 것이 있음을 새삼 알게 되었고, 화혈독비의 존재는 새로운 공포가 되었다.

이때 누군가 서고 안으로 달려들어 왔다.

"사부님, 안심하십시오. 천기무화가 회복되었습니다!"

백을천의 들뜬 음성에 엽운청은 시름을 떨쳐 내고 환한 기색으로 물었다.

"오, 그게 사실이냐? 천기무화가 확실히 회생한 것이냐?"

"그렇습니다."

"다행이구나. 무림의 홍복이로다. 만일 천기무화가 이대로 죽었다면 이 사부 또한 구천에 가서도 천등성현 선배를 뵐 낯이 없을 뻔했다."

엽운청은 자리에서 일어서며 장삼에 묻은 먼지를 털어냈다.

"그래, 생사천명단이 없으면 해소할 수 없다는 화혈독비의 극독을 어떻게 해소한 것이냐?"

“이번에도 사해천악이 큰 공을 세웠습니다. 잠 한숨 못 자고 천해문과 황금문을 뛰어다니며 기어코 해독단을 찾아냈다고 합니다.”

“허허, 대단한 집념이구나. 하지만 운지가 화혈독비에 적중된 몸으로 여러 날 동안 살 수가 없었을 텐데……?”

“사해천악이 무불악의 활천편작의 소재를 알고 있었기에 가능했습니다.”

“활천편작?”

엽운청의 표정이 찰나지간 굳어졌다.

“사부님, 왜 그러십니까?”

백을천이 의아한 표정으로 묻자 엽운청은 이내 본래의 신색을 회복했다.

“아니다. 오랜 세월 모습을 드러내지 않은 활천편작이 다시 세상에 나타나 놀랐을 뿐이다.”

“참, 반갑게도 한 소저가 사해천악과 함께 본 성을 찾아오는 중입니다. 저녁나절에는 당도할 것 같습니다.”

“그래, 잘됐구나. 당대 여협이 회생했으니 성대한 연회로 맞아주어라.”

“한 소저의 성품상 간소한 주연이 오히려 서로에게 부담이 되지 않을 듯합니다.”

엽운청은 가벼운 웃음을 터뜨렸다.

“허허, 좋도록 해라.”

"그리고 사부님께서 괜찮으시다면 사해천악을 인사시켜 드리고 싶습니다."

"알겠다. 너희가 식사를 마치면 차나 한잔 마시러 가겠다."

백을천이 면구스런 표정으로 먼저 양해를 구했다.

"저어… 사해천악이 조금 불손해도 사부님께서 넓으신 아량으로 양해해 주시기 바랍니다. 예법이 서툴러서 그렇지 악의는 없는 친구입니다."

엽운청은 뒷짐을 진 채 서고를 나갔다.

"예법을 모른다면 가르쳐야지. 이 사부가 단단히 버릇을 고쳐놓겠다, 허허허."

사부의 너털웃음에 백을천은 크게 안도했다.

"다행이군."

멸사신룡의 처소답게 전각 이름이 탕마전이었다.

백을천은 정갈한 식사를 준비해 무불악과 한운지를 맞이했다.

무불악은 몇 가지에 불과한 간소한 요리를 보고는 볼멘소리를 해댔다.

"이게 뭐야? 천해문 놈들을 통해 이미 방문 통보를 받았을 텐데 불패성이 천해문 놈들보다 더 짠 줄 몰랐소."

한운지가 무불악을 자리에 앉혔다.

"소녀에게 부담을 주지 않으려는 소성주의 배려입니다. 아무 말씀 마세요."

"그러니까 너만 배려하고 나는 무시한다는 거잖아?"

백을천이 떨떠름한 표정으로 술을 따라주었다.

"무 형, 대신 무 형을 위해서는 귀한 설로향을 준비했소."

술을 한 모금 마신 무불악은 맑고 깨끗한 술맛에 반해 틀어진 심기를 풀었다.

"좋아. 이번은 봐주겠소."

세 사람은 둘러앉아 기분 좋게 담소를 나누며 저녁을 먹었다.

무불악의 말투가 워낙 거칠고 불손했지만 백을천은 이미 여러 차례 만나 익숙해졌기에 조금도 노여워하지 않았다. 오히려 무불악의 소탈함과 직선적인 성격을 호쾌하게 평가했다.

백을천이 삼대천마와의 대결에 관심을 보이는 바람에 무불악이 한껏 무용담을 늘어놓을 수 있었다. 워낙 과도한 손짓을 해대는 바람에 요리 접시가 몇 개 박살나기도 했다.

"막상 대결해 보니 마왕들도 별것 아니더라고. 철마와 장마는 언제든 죽일 수 있소. 독마는 아직 못 만나봤지만 제 놈이 강하다 해도 얼마나 강하겠어?"

백을천은 포권을 취하며 무불악을 추켜세워 주었다.

"무 형은 정녕 당세의 영웅이오. 무 형의 별호는 사해천웅으로 바뀌어야 마땅하오."

그러자 무불악의 표정이 급속도로 굳어졌다.

"백 형, 지금 나한테 그런 짜증나는 굴레를 씌우겠다는 거요? 태실봉에 안치돼 있다는 의천오절의 무덤을 한번 더 파내야겠군."

"무… 무 형, 난 그저……."

백을천이 당황해서 말을 잇지 못하자 한운지가 얼른 화제를 바꾸었다.

"지금 무 공자의 별호를 거론할 때가 아닙니다. 황금문주의 고충을 해소시켜 주어야만 천풍무국의 침공을 사전에 제어할 수 있습니다."

이때 가벼운 인기척과 함께 엽운청이 접견실로 들어섰다.

"허허, 당세의 호걸과 재녀가 모두 모였군."

한운지와 백을천이 서둘러 자리에서 일어서며 예를 올렸다.

"성주님을 뵈옵니다."

"오셨습니까, 사부님."

무불악은 엽운청을 한번 훑어보고는 마지못한 듯 몸을 일으켜 건성으로 포권을 취했다.

"처음 뵙겠소, 엽 성주. 무불악이오."

지극히 불손한 태도와 말투에 한운지가 연신 눈짓을 주었지만 무불악은 꿈쩍도 하지 않았다. 백을천 역시 불안한 눈빛으로 두 사람을 번갈아 보았다.

엽운청은 담담한 미소를 띠며 무불악과 마주 섰다.

"자네가 그 유명한 악당 사해천악 무불악인가? 한데 생각만큼 흉악하지는 않군."

"……?"

뜻밖의 반응에 무불악은 눈을 동그랗게 떴다.

'뭐야? 농담도 다 할 줄 아네? 당대 최강의 절대자라 독보신검보다 더 권위적일 줄 알았는데 의외로 소탈하군.'

독보신검을 처음 대했을 때는 마치 하늘을 찌를 듯 치솟은 첨봉 같은 위압감이 느껴졌는데 건곤불패에게서는 그런 위압감이 전혀 느껴지지 않았다.

대신 드넓은 광야를 대한 듯한 포용성이 느껴져 절로 경건함에 젖게 만들었다.

무불악 역시 농담조로 응수했다.

"소생 역시 같은 심정이오. 건곤불패라 하여 하늘과 땅을 짓누를 패웅의 모습인지 알았는데 옆집 할아버지처럼 생각되오. 하여간 반갑소."

옆집 할아버지.

당금 천하에서 건곤불패를 상대로 이렇듯 허튼소리를 할 수 있는 사람은 없다.

그럼에도 불구하고 엽운청은 무불악의 불손한 어투를 전혀 문제 삼지 않았다.

"자, 다들 앉지. 당대의 영걸들과 함께 차나 한잔 마시고자 찾아왔네."

한운지는 너무도 고맙고 부끄러워 엽운청에게 공손히 차를 따라 올렸다.

"먼저 찾아뵙지 못해 송구합니다, 성주님."

"아니다. 내가 연공 중이라 찾아왔어도 너를 접견할 수 없었을 것이다. 한데 몸은 괜찮은 것이냐?"

"예, 성주님. 소성주에게 들으니 성주님께서도 화혈독비의 해독법을 찾아내기 위해 여러 날 동안 침식도 잊은 채 서고에서 지내셨다고 하더군요. 공연히 심려를 끼쳐 정말 송구합니다."

"천둥 선배는 내가 가장 존경했던 성자다. 그분의 제자인 네가 생사의 위기에 처했는데 어찌 안타깝지 않겠느냐? 어쨌거나 너의 쾌유는 천하인 모두의 낭보다."

엽운청은 기분 좋은 웃음을 터뜨리며 차를 들어 건배했다.

무불악은 차를 마시는 와중에도 예리한 눈빛으로 엽운청을 관찰했다.

'건곤불패의 이런 모습이 진심이라면 진정한 영웅이다. 하지만 활천편작이 괜한 말을 했을 리가 없는데……'

그는 불패성 안으로 달려오는 내내 활천편작의 충고를 떨쳐 내지 못했다.

"건곤불패는 강호의 풍문만큼 믿을 만한 사람은 못 된다."

세상의 은자인 활천편작은 강호정세와 무관한 사람이기에 건곤불패를 공연히 음해할 하등의 이유가 없었다. 그런 사람의 충고이기에 보다 깊이 가슴에 새겨야 했다.

그러나 편안한 첫인상은 물론이고 자신의 불손함조차 문제 삼지 않는 엽운청의 초연함은 존경스러울 정도였다.

만일 그가 사전에 활천편작의 충고를 듣지 못했다면, 엽운청에게 출도 후 처음으로 마음에서 우러나는 공경함을 표했을 것이다.

무불악은 도저히 판단이 서지 않자 직접 시험에 나섰다.

"세상 사람들은 활천편작이나, 황금문주가 내준 생사천명단이 운지를 살렸다고 하지만 사실 내가 살린 거요. 내가 만리 길을 뺑뺑이 돌지 않았다면 어떻게 생사천명단을 구해 활천편작에게 건넬 수 있었겠소?"

엽운청은 고개를 끄덕이며 수긍했다.

"그렇군. 자네의 얘기를 들으니 자네의 공이 으뜸일세. 사실 활천편작이라 해도 생사천명단이 없었다면 운지를 회생시킬 수 없었을 테니까."

그는 한운지에게로 시선을 돌렸다.

"한데 들어오면서 들으니 황금문주의 고충을 해소시켜 주어야 한다는 얘기가 거론되던데 대체 황금문주에게 무슨 문제가 생긴 것이냐?"

"사실 그 문제를 상의하고자 불패성을 찾아온 것입니다."

한운지는 황금문주가 처한 상황을 간략하게 얘기해 주었다.

무불악은 과자를 으적으적 씹으며 다시 고민에 빠졌다.

'이것 봐라? 미끼를 던졌는데도 전혀 물지를 않네? 만일 활천편작과 결부된 원한이 있다면 당연히 소재에 대해 물어봐야 하는데 활천편작에 대해서는 아예 관심이 없다는 태도로군.'

뭔가 석연치 못한 구석이 전혀 없다 보니 무불악도 더는 엽운청의 내면을 파고들 수가 없었다.

'그래, 활천편작이 죽여 달라고 부탁한 것도 아닌데 나 혼자 골머리를 앓을 이유가 없지. 나중에 활천편작을 만나게 되면 그때 확실하게 알아보자.'

그는 골치 아픈 고민을 해소하고는 좌중의 얘기에 조금 관심을 가졌다.

엽운청은 보기에도 멋진 삼각 수염을 내리쓸다가 입을 열었다.

"이번 사안은 백 문주의 혈족을 구출하는 것과 동시에 백 문주 주변에서 감시하고 있는 천풍무국의 첩자들을 제거해야 한다. 만일 백 문주가 변을 당하면 천하의 상권은 대혼란에 빠지게 된다. 특히 양곡과 생필품의 운송이 중단되면 수많은 사람들이 고통받게 될 것이다."

"그렇습니다, 성주님. 소녀도 그 점이 우려돼 인질 구출에 선뜻 나설 수가 없었습니다."

"거리상으로 본다면 독보검궁이 황금문을 지원하기에 유리하다."

"하지만 독보신검께서 큰 부상을 당하신 상황이라……."

"그런 상황이기에 독보신검이 보다 적극적으로 나서야 할 것이다. 강호 활동도 자제한 채 위축된다면… 독보검궁의 존재는 수년 내로 소멸될 것이다."

엽운청은 차를 한 모금 마시고는 구출 작전을 지시했다.

"천풍무국으로 잠입해 인질들을 구출할 사람은 사해천악과 을천이 적당할 것 같다. 운지는 독보검궁을 찾아가 독보신검을 위문해라. 독보신검의 부상이 엄중할 테니 영약이 필요할 것이다. 운지는 건풍용검을 비롯한 독보검궁의 정예들 일부를 대동해 황금문을 찾아가라. 독보신검을 위한 영약을 구하기 위함이니 명분은 충분할 것이다."

한운지는 현명한 여인이기에 엽운청의 대략적인 작전을 대번에 알아들었다.

"알겠습니다. 소녀는 손 소궁주와 황금문 주변에 대기해 있겠습니다. 다행히 인질 구출에 성공했다는 전갈을 받으면 곧바로 황금문으로 달려가 백 문주를 보호하고 감시자들을 제거하겠습니다. 정말 훌륭하신 복안이십니다, 성주님."

책략을 세우고 그것을 펼치는 두 사람의 놀라운 지략에 백을천은 감탄을 금치 못했다.

"두 분께서 작전만 확실히 세워주시면 소생과 무 형은 인질 구출에 최선을 다하겠습니다."

무불악은 엽운청의 높은 지략을 새삼 인식했다.

'이것 봐라? 무공만 센 노인네인 줄 알았는데 머리도 제법 잘 굴리네? 나이가 비슷했으면 영락없는 옥면잔사인데……'

그러했다.

활천편작의 충고를 액면 그대로 적용하면 건곤불패 엽운청은 세상을 속이는 위선자다. 또한 놀랍도록 뛰어난 지략의 소유자이니 많은 면에서 옥면잔사와 유사하다.

그러나 불패성이 창건된 지가 이십 년이 넘었으니 엽운청이 옥면잔사의 변신일 수는 없었다. 게다가 옥면잔사라면 애 딸린 과부와 혼례를 올렸을 것이기에 독신인 엽운청은 해당 사항이 전무했다.

무불악이 오랜만에 한마디 끼어들었다.

"다른 것은 몰라도 운지가 천풍무국에 직접 뛰어들지 않아야 한다는 성주의 고견에는 전적으로 동조하겠소. 운지라면 황금문의 골골한 영감은 확실히 지켜줄 수 있을 거요."

그러다 입가를 핥으며 세 사람의 눈치를 살폈다.

"한데 인질을 구출하면 황금문의 엄청난 재산을 몽땅 차지할 수 있는데… 재산 분배는 어떻게 하지?"

2

“으아악!”

“크억!”

처절한 비명 소리가 연이어 울려 퍼졌다.

천해문 홍산 분소는 참혹하게 유린당하고 있었다. 천해문 제자들은 날아드는 쇠사슬에 적중돼 머리가 으스러지고 몸통이 박살났으며, 내지르는 주먹에 맞아 안면이 뭉개지고 심장이 터졌다.

“말해라, 새끼들아! 어서 놈의 소재를 밝혀!”

천해문 제자들을 마치 버러지처럼 짓밟고 있는 두 사람은 사대천마 중 장마와 철마였다.

분소장은 사망혈삭의 쇠사슬에 흠씬 두들겨 맞아 온통 피투성이가 되었다.

“놈이 한운지와 함께 황금문을 나선 것까지는 확인됐다. 이후 어디로 간 것이냐?”

“크으……!”

분소장이 피를 울컥울컥 토하면서도 입을 열지 않자 사망혈삭은 쇠사슬을 치켜들었다.

“모르면 뒈져라.”

분소장이 가까스로 외쳤다.

"아… 압니다!"

"어디냐?"

사망혈삭이 쇠사슬을 내리자 분소장은 공포에 젖어 와들와들 떨면서 대답했다.

"부… 불패성입니다."

"확실하냐?"

"그렇습니다."

"그럼 불패성과 가장 가까운 분소에 전해라. 진백산에서 기다리겠다고 말이다. 놈이 오지 않으면 천해문 분소와 지부는 죄다 박살날 것이다."

사망혈삭은 쇠사슬을 몸에 감고는 돌아섰다.

"가자, 넷째야."

장마 암흑천붕은 둥실 떠오르며 분소의 건물을 향해 일장을 내질렀다.

"카하핫, 확실히 전해라!"

콰아앙—!

분소의 건물 일곱 개가 암흑천붕의 장력에 대번에 박살났다.

두 명의 마왕에 의해 분소의 제자들 절반이 죽고 폐허가 되었으니 실로 끔찍한 참화였다. 이들이 이렇듯 끔찍한 참화를 저지른 이유는 너무도 간단했다.

단지 사해천악 무불악의 소재를 알기 위함이었다.

더욱 황당한 것은 천해문에서 무불악에게 도전장을 전달하는 막중한 임무를 떠맡게 된 것이다.

무불악의 성격상 잔뜩 격분해 있는 두 마왕과 절대 맞서 싸우지 않을 테니 이제 천해문의 지부와 분소가 차례로 박살나는 것은 시간문제였다.

그렇다 해도 일단은 두 마왕의 도전을 전달하는 것이 순리이기에 분소장은 불패성과 인접한 분소에 전서구를 날렸다.

물론 총단에도 전서구를 띄워 이를 보고하는 것을 잊지 않았다.

3

섬서성 평진.

불패성을 떠나온 무불악 일행은 날이 저물기 시작하자 숙소를 정하기 위해 평진성으로 들어섰다.

객잔을 찾은 세 사람은 창가 자리에 둘러앉아 찻물로 입을 헹구었다. 불패성을 출발해 하루 오백여 리씩 이동했지만 세 사람 모두 뛰어난 무공의 소유자로 크게 피로한 기색이 없었다.

무불악이 떨떠름한 표정으로 내뱉었다.

"내일 독보검궁 부근에서 헤어지겠군. 염병, 황금문 백씨 혈족이 대가 끊기든 말든 무슨 상관이야? 내 코가 석 자인데 공연히 생고생만 하는구먼.”

“무 공자, 정 내키지 않으면 소녀가 소성주와 함께 잠입하겠어요.”

한운지가 넌지시 말하자 무불악이 퉁명스레 응수했다.

“내 성격 몰라서 그런 소리 하는 거야? 내가 들어간다고 했으니 두 번 말하게 하지 마.”

이때 주문한 음식과 술이 나오자 백을천은 분위기를 환기시키기 위해 서둘러 식사를 권했다.

“자, 드십시다.”

무불악은 술을 한 잔 입에 털어 넣고는 백을천에게 말했다.

“백 형, 미리 말해두는데 인질을 구할 수 없다면 제거하는 것이 원칙이오.”

“최악의 상황은 피합시다.”

“손에 피 묻히는 짓은 내가 할 테니 백 형은 그렇게만 알고 있으면 되오.”

한운지는 부드럽게 말을 받았다.

“무 공자, 미리 결정하지는 마세요. 두 분의 역량이라면 충분히 해내실 수 있을 겁니다.”

무불악은 오리 날개를 뼈째 으적으적 씹었다.

“노력을 하겠지만 너무 기대는 마.”

이때 허름한 복장의 중년인이 탁자 옆으로 다가섰다. 그는 한운지를 향해 공손히 예를 올렸다.

“혹시 천기무화 되십니까?”

“그래요. 소녀가 한운지입니다.”

“영광입니다, 천기무화. 소인은 천해문 평진성 분소장 장소입니다.”

“장 분소장이셨군요. 무슨 일이죠?”

“한 소저, 제발 저희 천해문 제자들을 가련하게 여겨주십시오.”

장소는 한쪽 무릎을 꿇으며 통사정을 했다.

“철마와 장마로 인해 저희 천해문 지부와 분소 다섯 곳이 박살나고 수백 명의 제자들이 무참하게 살해되었습니다. 두 마왕은 진백산에 기다리겠다며 만일 사해천악이 당도하지 않으면 계속해서 저희 천해문 분소와 지부를 박살 내겠다고 공언했습니다. 크으, 제발 저희를……”

“새끼야, 당사자가 나인데 누구한테 하소연을 하는 거냐?”

무불악은 냅다 장소를 걷어찼다.

“꺼져! 천해문 놈들은 죄다 죽어도 돼. 네놈들 총단까지 박살나도 내가 눈 하나 깜짝할 것 같으냐? 그리고 내가 미쳤냐? 잔뜩 원한을 품고 있는 두 마왕과 싸우게.”

탁자 하나를 박살 내고 나뒹군 장소는 다시 한운지 앞으로 다가와 무릎을 꿇었다.

“한 소저, 제발 천해문을 구원해 주십시오.”

한운지는 곤혹스런 눈빛으로 무불악을 바라보았다.

“무 공자······.”

“큭, 천해문의 쓰레기 같은 놈들 구하자고 날 보고 죽으라는 얘기냐?”

무불악은 장소의 멱살을 쥐고 일으켜 세웠다.

“너 바른대로 얘기해. 당사자는 난데 한운지의 치맛자락을 잡고 통사정을 하는 이유가 뭐냐? 정소빈 그 앙큼한 계집의 수작이냐?”

“무… 무 공자, 소인은 그저 총사님의 지시에 따를 뿐입니다. 사해천악에게 사정을 해봤자 통하지 않을 테니 어떻게든 한 소저에게 구원을 요청하라는 총사님의 지시였습니다. 천해문의 존망이 걸인 사안이라 소인으로서는 한 소저의 치맛자락이라도 부여잡을 수밖에 없었습니다.”

“하여간 그럴 줄 알았어.”

무불악은 장소를 한쪽으로 내던졌다.

“들었지? 천해문이 바로 이런 놈들이야. 어쩌면 두 마왕에게 나를 팔아먹었는지도 몰라.”

한운지가 정색하며 고개를 저었다.

“천이만사통과 십절예화가 그럴 사람은 아닙니다. 이렇게밖에 할 수 없는 그들의 고충이 충분히 이해됩니다. 소녀는 무 공자에게 양해를 구할 수밖에 없군요.”

“그런 소리 마. 두 마왕이 나를 쫓아와도 달아날 판국인데 내가 미쳤다고 그 흉악한 늙은이들을 찾아가 싸우겠어? 난 절대 안 가."

"그렇다면 소녀가 갈 수밖에 없군요."

한운지가 결연히 말하자 백을천이 동조했다.

"소생도 함께 하겠소, 한 소저."

무불악은 어처구니가 없는지 두 사람을 번갈아 보았다.

"당신들 단순한 거야, 아니면 실성한 거야? 천해문의 얄팍
한 수작에 왜 놀아나? 가만 내버려 두면 천해문의 귀 큰 늙은
이와 못생긴 계집이 어떻게든 해결할 거라고. 그것들이 얼마
나 교활한 족속들인데 왜 쓸데없이 나서는 거야?"

한운지가 차분하게 말을 받았다.

"무 공자는 혈마를 참살한 놀라운 공적을 세운 분입니다.
그래서 다시 공적을 세울 기회를 드리려 했는데 나서지 않겠
다면 굳이 강요하지 않겠어요. 흉악한 마왕들을 제거하기 위
한 싸움은 소녀에게 주어진 사명입니다. 무 공자를 위해서가
아니라 소녀의 사명을 위해 나서는 것이니 노여워하지 마십
시오."

한운지는 장소에게 시선을 돌리며 온화한 미소를 띠었다.

"분소장, 안심하고 돌아가세요. 흉악한 마왕들이 더 이상
천해문의 무고한 제자들을 해치는 일은 없을 겁니다."

"감사합니다, 한 소저. 정말 감사합니다, 소성주."

장소는 한운지와 백을천에게 정중히 절을 올렸다.

장소가 객잔을 나가자 무불악이 잔뜩 굳은 표정으로 물

었다.

“운지, 인질 구출은 포기하겠다는 거냐?”

“아닙니다. 두 마왕의 대결이 시급한 일이니 먼저 해결해야죠. 연후 인질 구출에 나설 겁니다.”

“놈들을 죽일 자신은 있는 거야?”

그러자 백을천이 당당하게 대답했다.

“세상을 위해 흉악한 마왕과 싸우는 것이 중요할 뿐이오. 물론 이기고 싶은 것이 솔직한 심정이지만 죽음이 두려워 악을 두고 볼 수는 없소.”

“맞아, 그것이 백도의 더러운 굴레이지. 쪽 팔리지 않기 위해 어쩔 수 없이 나서야 하는 심정 충분히 이해해.”

무불악은 자리를 박차고 일어섰다.

“이래서 내가 백도입네 의협입네 하는 것들이 싫다는 거야.”

그는 단숨에 계단을 내려가 객잔을 나갔다.

백을천이 고뇌 어린 모습으로 물었다.

“한 소저, 왜 무 형을 설득하지 않은 거요?”

한운지는 의외로 차분한 모습으로 차를 마셨다.

“세상에서 그를 설득할 수 있는 사람은 없습니다. 결정하고 판단하는 것은 오로지 무 공자의 몫입니다.”

한편 객잔을 나선 무불악은 득달같이 달려가 장소를 따라잡았다.

"새끼, 너 똑똑히 전해라."

무불악은 장소의 멱살을 쥐고 담장에 붙여 세웠다.

"두 마왕이 다시는 천해문을 괴롭히지 못하게 만들어주겠다. 그 대가로 은사호리의 행방을 찾아내라. 알겠냐?"

"예… 예, 공자님."

무불악이 멱살을 풀어주자 장소는 연신 굽실거리고는 쏜살같이 달려갔다.

무불악은 붉게 물든 석양을 올려보며 헛웃음을 흘렸다.

"젠장, 또 한번 팔자에도 없는 영웅 짓을 하게 생겼군. 어쩌겠어? 운지를 죽게 내버려 둘 수는 없잖아?"

4

진백산은 섬서와 호북성 경계에 위치한 산이다. 진령산맥에서 갈라진 준령답게 높지 않은 산임에도 불구하고 대부분 바위로 이루어져 산세가 비교적 험준했다.

으적으적……!

사망혈삭과 암흑천붕은 사냥한 사슴을 뜯어 먹고 있었다. 불에 굽지도 않고 날로 뜯어 먹는 바람에 그들의 손과 옷에는 피가 질펀했다.

피가 흐르는 날고기는 인간의 본성을 더욱 흉포하게 만든다. 두 마왕이 고기를 굽지 않고 날로 먹는 이유도 참혹하게

피살된 아우 난살천참을 위한 복수심을 더욱 불태우기 위함
이었다.

암흑천붕이 사슴의 뱃살을 찢어 먹으며 물었다.

"셋째 형님, 과연 그 쥐새끼가 오겠소?"

"제 발로 오지 않으면 끌려오겠지. 놈의 비열함을 성토하
는 천하인들의 비난이 높아질 테니 결국은 누군가 놈을 붙잡
아서라도 우리에게 상납하지 않겠느냐?"

"놈의 무공은 절세적인데 과연 누가 놈을 제압할 수 있겠
소?"

"그거야 천해문 놈들이 해결할 문제가 아니겠냐?"

사망혈삭은 사슴의 뒷다리를 찢어 우물거렸다.

"그나저나 둘째 형님은 왜 아직 당도하지 않는 거냐? 막내
의 원혼을 위로하기 위해서라도 그 쥐새끼에게 모든 독형을
가해 죽여야 하는데……."

"셋째 형님, 풍문으로 들으니 그 쥐새끼가 큰형님과 겨뤘
다는 얘기도 있던데 그게 가능한 거요?"

"터무니없는 소리 마라. 큰형님은 이미 극마지경에 이르렀
는데 놈이 어떻게 큰형님의 일초라도 감당할 수 있겠느냐? 당
대 최고의 검객이라는 독보신검조차 큰형님의 마검 아래 무
릎을 꿇지 않았더냐?"

"하긴 그렇소."

암흑천붕은 입가에 묻은 피를 소매로 닦았다.

"사실 그 쥐새끼는 교활할 뿐이지 절세고수는 아니니까."

이때 사망혈삭이 손에 쥐고 있던 사슴 다리를 내던졌다.

"왔다. 세 놈이로군."

몸을 일으킨 암흑천붕이 눈썹에 손을 대고 바위 능선 너머를 살폈다.

"계집이 하나 있소. 모두들 신법이 제법이오."

진백산 바위 계곡으로 날아드는 세 사람은 무불악과 한운지, 그리고 백을천이었다.

당대 최강의 후지기수인 그들이지만 두 전대마왕과의 대결이기에 사뭇 긴장할 수밖에 없었다. 세 사람의 표정이 모두 결연했다.

계곡 안쪽으로 사망혈삭과 암흑천붕이 나란히 서 있었다.

무불악의 일행은 오 장 거리를 두고 내려섰다.

무불악과 대면하자 두 마왕의 눈에서 무시무시한 살기가 폭사되었다. 눈빛이 화살이었다면 무불악은 벌써 전신이 관통돼 죽었을 것이다.

"쥐새끼! 네놈이 왔구나!"

"빠드득! 어서 덤벼라, 쥐새끼!"

무불악은 두 마왕의 흉포한 기세에 절로 주눅이 들었다.

사실 그가 동호에서 난살천참을 두 쪽 낸 것은 엄청난 행운 덕분이었지 정당한 대결은 아니었다.

무불악은 슬며시 한 걸음 물러서며 한운지를 내세웠다.

"제기, 왜 나를 못 잡아먹어서 안달이야? 사실 당신들이 정작 상대해야 할 사람은 내가 아니라고."

두 마왕은 그제야 동행 중에 한운지가 있음을 인지하고는 섬뜩한 웃음을 흘렸다.

"크흐흐, 이게 웬 굴러들어 온 호박이냐? 한운지까지 한꺼번에 죽일 수 있게 되다니."

"그러게 말이오. 오늘 두 연놈의 피로 목욕을 할 수 있게 되었소, 형님."

그러자 백을천이 앞으로 나서며 준엄하게 꾸짖었다.

"당대의 악적들! 너희는 내가 죽여주겠다!"

장마는 백을천을 훑어보고는 실소를 흘렸다.

"큭, 한번쯤 안면이 있는 애송이로구나? 맞아, 일전에 막내와 함께 한운지를 상대할 때 대면한 적이 있어."

"그렇다. 난 불패성의 소성주 백을천이다."

"애송아, 오늘은 죽일 연놈이 둘이나 되니 네놈은 살려주겠다. 당장 돌아가 네 사부인 건곤불패나 데리고 오너라."

"닥쳐라. 너희 같은 악적은 내 힘으로 충분하다."

"이 새끼!"

암흑천붕이 냅다 일권을 내질렀다. 시커먼 암흑강기가 벼락처럼 날아들었다.

백을천은 건천강기로 마주 응수했다.

콰아앙……!

요란한 폭음이 터지며 백을천이 이 장 밖으로 밀렸다. 단일초에 내상까지 입었는지 안색이 창백해졌다.

한운지가 백을천 옆으로 내려서며 혈도를 찍어 기혈을 안정시켜 주었다.

"무리하지 마세요, 소성주. 장마의 마공은 실로 엄청납니다. 단독으로 맞서서는 안 됩니다."

"부끄럽소."

"그런 말씀 마세요. 상대는 전대의 대마왕들입니다."

사망혈삭이 쇠사슬을 철렁거리며 무불악에게 다가섰다.

"넷째는 두 연놈을 맡아라. 쥐새끼는 내 손으로 찢어 죽이겠다."

"셋째 형님, 놈의 숨통은 끊지 마시오. 막내를 위해 놈을 산 채로 저며야 하니까."

"알겠다."

사망혈삭은 빙글 회전하며 쇠사슬을 발출했다.

츄리릭!

핏빛 쇠사슬이 마치 살아 있는 뱀처럼 허공에서 꿈틀거리며 무불악을 휘감아왔다.

"까불지 마라!"

간장검을 뽑아 든 무불악은 은하성천검법을 전개해 쇠사슬을 후려쳤다.

차차창—!

쇠사슬 일부가 잘리며 사위로 비산되었다.

한운지가 무불악 옆으로 내려섰다.

"소녀는 소성주와 연합해 장마를 상대하겠어요. 한데 무 공자 혼자서… 철마를 감당할 수 있겠어요?"

"솔직히 자신없다."

"일전에 마왕들과 삼 대 일로 싸운 적도 있었잖아요?"

"그거야 호수였기에 가능했지… 이곳은 온통 바위 지대라 은신술도 펼칠 수 없잖아? 더군다나… 나를 죽이겠다는 마왕의 살기가 너무 짙어."

"신념을 가지세요. 무 공자는 의천무경의 후계자이십니다. 계집인 소녀도 두려워하지 않는데 부끄럽지 않으세요?"

한운지가 자존심을 건드리자 무불악은 피가 끓었다.

"너 말조심해! 누가 두렵다는 것이냐? 그리고 한 가지 얘기해 둘 게 있다."

"뭔데요?"

"혹시 내가 죽더라도… 다른 놈한테 시집가지 마라."

한운지는 어처구니가 없는 듯 고개를 흔들었다.

"무 공자, 이런 상황에서도 농담이 나옵니까?"

"그럼 어떻게 해? 할 말이 그것밖에 없는데."

무불악은 간장검을 꼬나 쥐고는 사망혈삭을 향해 달려갔다.

“약천섬!”

허공으로 솟구친 무불악은 연속적으로 검기를 발출했다.

피피핑—!

사망혈삭은 쇠사슬을 휘둘러 두터운 방벽을 형성했다. 간단히 검기를 막아낸 사망혈삭은 쇠사슬을 채찍처럼 휘두르며 무불악을 압박해 왔다.

퍼— 퍼펑—!

쇠사슬에 적중될 때마다 견고한 암석이 폭발해 올랐다.

다른 곳에서도 엄청난 격돌이 동시에 전개되었다.

한운지와 백을천은 번갈아가며 암흑천붕을 공격했다.

“이야아!”

암흑천붕은 먹물처럼 시커먼 묵강을 마구 뿌리며 한운지와 백을천을 압도했다.

콰류류류……!

소용돌이치는 강기가 폭풍처럼 몰아치면서 두 사람을 휘감았다. 상대적으로 무공 수위가 낮은 백을천이 강기에 휩쓸리자 한운지가 검강을 발출해 지원해 주었다.

퍼— 퍼펑—!

연이은 폭음이 터지며 세 사람은 품자 형태로 갈라섰다.

한운지는 한쪽에서 접전을 벌이고 있는 무불악을 힐끗 보고는 백을천에게 전음을 보냈다.

[서둘러 상대하지 마세요. 장마의 공력이 아무리 높아도 지

속적으로 강기를 발출하면 위력이 약해질 겁니다. 장마의 앞뒤나 좌우로 갈라서서 공격을 펼치면 장마의 집중력을 흩뜨릴 수 있습니다.]

[알겠소, 한 소저. 미흡하지만 최선을 다하겠소.]

백을천은 한운지가 상방으로 공격하면 하방을 노리는 수법으로 암흑천붕의 신경을 분산시켰다.

십여 초가 지나면서 백을천과 한운지의 합공은 자연적으로 조화를 이뤄 암흑천붕도 두 사람을 감당하기가 쉽지 않았다.

한편 무불악과 사망혈삭의 격돌은 최고조에 달하고 있었다.

"차앗!"

무불악은 간장검을 휘둘러 쇠사슬을 쳐내고는 초운십팔장으로 사망혈삭의 몸통을 노렸다.

퍼퍼펑……!

강맹한 장법에 적중됐지만 사망혈삭은 두 걸음 뒤로 물러섰을 뿐이다.

사망혈삭은 외문기공을 수련해 몸이 철골처럼 단단한데다 몸에 금강혈삭을 두르고 있어 그 자체가 호갑이 되었기에 웬만한 공격은 계란으로 바위치기였다.

그마나 일전에 무불악이 계책을 써서 한 팔을 벤 덕분에 사망혈삭의 무공이 한 단계 내려간 것이 다행이었다. 만일 사망혈삭의 두 팔이 건재했다면 무불악은 무쇠사슬과 더불어 쏟아지는 권장에 흠씬 얻어맞았을 것이다.

무불악은 나름대로 책략을 세워 놓았기에 바위 벼랑 쪽으로 조금씩 물러섰다.

"쥐새끼, 오늘은 절대 달아나지 못한다!"

무불악이 힘에 부쳐 하는 모습을 보이자 사망혈삭은 더욱 기세를 올려 몰아붙였다.

퍼— 퍼펑—!

쇠사슬이 벼랑을 강타할 때마다 거대한 바위 벼랑이 진동하며 쩍쩍 균열이 일어났다.

무불악은 벼랑 벽을 밟고 이동하며 간간히 검기를 날려 사망혈삭을 벼랑 가까이 끌어들였다.

"철마, 어젯밤 꿈에 혈마를 보았는데 지옥에 혼자 있자니 쨰나 심심하다고 하더라. 그래서 내가 조만간 함께 도산지옥을 걸을 마왕을 보내주겠다고 했다!"

"쥐새끼, 지옥으로 갈 놈은 너다!"

사망혈삭은 기합을 외치며 힘껏 쇠사슬을 내려쳤다.

무불악은 급히 뒤로 물러서며 벼랑으로 바싹 붙어 섰다. 쇠사슬은 계속 날아들었고 무불악은 벼랑을 타고 솟아올랐다.

콰아앙!

엄청난 폭음이 터지며 바위 벼랑 전체가 심하게 요동쳤다.

급기야 균열이 터지면서 벼랑이 붕괴되기 시작했다.

와르르—!

집채만 한 바윗덩이들이 우박처럼 쏟아져 내렸다. 엄청난 기세에 누구라도 질겁해 몸을 피할 상황이지만 사망혈삭은 꿈쩍도 하지 않고 쇠사슬을 휘둘러 쏟아지는 바윗덩이를 쳐 냈다.

"쥐새끼, 또 무슨 수작이냐?"

이때 엄청난 붕괴 속에서 섬광이 번득였다.

번— 쩍!

간장검이 불꽃이 발하며 내리꽂히고 있었다. 무불악의 신 검합일이었다.

사망혈삭이 이를 간파했을 때는 이미 간장검이 머리 위까 지 바싹 접근한 상태였다.

사망혈삭은 비로소 무불악의 암수를 깨달았지만 방어하기 에는 너무 늦었다. 극히 짧은 순간 갈등하던 사망혈삭이 무불 악을 향해 쇠사슬을 날렸다.

"이놈!"

동귀어진!

함께 죽겠다는 의도였다.

퍼억—!

간장검이 사망혈삭의 몸을 감싼 쇠사슬을 뚫고 박히자 무 불악은 자신의 승리를 확신했다. 바위 벼랑의 붕괴를 이용한 반격은 그 스스로 생각해도 훌륭한 묘책이었던 것이다.

한데 사망혈삭이 자신의 죽음을 도외시한 동귀어진 수법을 전개해 올 줄은 무불악도 미처 예상치 못했다.

퍼억!

"크윽!"

쇠사슬에 강타당한 무불악은 칠 장 밖으로 날아갔다. 입에서 절로 피가 뿜어졌다. 동시에 처절한 비명 소리가 바위 계곡을 진동시켰다.

"크아악!"

간장검은 사망혈삭의 왼쪽 가슴으로 파고들어 심장을 꿰뚫고 등판까지 비집고 나왔다.

사망혈삭의 입에서 시뻘건 피가 뿜어져 나왔다. 심장이 터지면서 피가 역류한 것이다.

천하의 대마왕이라 해도 심장이 터진 이상 살 수가 없다.

사망혈삭은 밑동이 잘린 고목처럼 뒤로 나자빠졌고 주변으로 바윗덩이가 떨어져 내렸다.

이를 본 암흑천붕은 충격과 분노를 금치 못했다.

"셋째 형님—!"

그는 장력을 휘둘러 한운지와 백을천을 떨쳐 내고는 사망혈삭을 향해 달려갔다.

한운지는 두 손으로 막사검을 감싸 쥐었다.

[장마를 죽이세요, 소성주!]

전음을 띠운 그녀는 신검합일을 전개해 암흑천붕의 등 뒤로 날아들었다.

위기를 직감한 암흑천붕이 급히 몸을 틀며 묵강을 발출했다.

"어림없다, 어린 계집!"

신검합일과 묵강의 충돌.

콰아앙……!

엄청난 폭음이 흐르는 가운데 두 사람은 답답한 신음을 토하며 각기 뒤로 튕겨져 나갔다.

이 순간 백을천이 암흑천붕에게 따라붙으며 쾌검을 전개했다.

번— 쩍!

"허억?"

암흑천붕이 놀라 손을 쳐들었지만 백을천의 쾌검은 그의 손과 목을 한꺼번에 동강냈다.

철마 사망혈삭에 이른 장마 암흑천붕의 죽음.

두 명의 마왕이 동시에 제거되었으니 실로 천하인 모두가 만세를 부를 낭보였다. 이로써 금마곡을 탈출한 오대천마 중 셋이 죽으면서 이제 검마와 독마 둘만 남게 되었다.

백을천은 바닥에 쓰러져 있는 한운지에게 달려갔다.

"한 소저, 한 소저!"

한운지는 상당한 부상을 당한 와중에도 환한 미소를 지

었다.

"장하세요, 소성주. 무서운 마왕 장마를 처단했습니다."

"이것이 어찌 내 공이겠소? 괜찮으신 거요, 한 소저?"

"난 괜찮아요. 어서… 무 공자에게 가보세요."

"알겠소."

백을천은 수북한 바위더미를 넘어 무불악 옆으로 내려섰
다.

다행히 무불악은 바위더미에 깔리지 않았다. 잔돌과 돌가
루에 덮여 회색 인간으로 변했지만 죽을 상황은 아니었다.

"무 형, 괜찮으시오?"

백을천은 무불악을 부축해 일으켜 앉혔다.

무불악은 쇠사슬에 적중된 옆구리를 감싸 쥐며 잔뜩 인상
을 찡그렸다.

"젠장… 마왕들은… 죄다 뒈졌소?"

"그렇소. 모두 무 형의 놀라운 무공 덕분이오. 무 형은 또
한 명의 마왕을 참살하는 위대한 공적을 세웠소."

"공적 따위는 필요없소. 참, 운지는?"

"한 소저도 부상을 당했지만 다행히 중상은 아닌 듯싶소."

무불악은 힘겹게 몸을 일으켰다.

"내 검… 검을 찾아야 돼."

"내가 찾아오겠소."

백을천은 바위더미를 밀어내 철마의 시체를 찾아냈다. 철

마의 가슴에는 간장검이 깊이 박혀 있었다. 백을천은 간장검을 뽑아 무불악에게 건넸다.

무불악은 간장검을 회수하고는 철마와 장마의 시체를 번갈아 보았다.

"노마들, 그러기에… 사람을 보고 덤볐어야지? 감히 누구를 죽이겠다는 거냐?"

옆으로 다가선 한운지가 무불악의 손을 쥐었다. 두 눈에 감격의 눈물이 가득했다.

"무 공자… 정말 장하십니다. 공자는 백 년 이래 최고의 영웅이세요."

"그래, 이제 두 놈 남았다."

그러다 검마 구주파천을 떠올린 무불악은 떨떠름한 표정이 되어 터벅터벅 걸음을 옮겼다.

"제기, 웬만하면 여기서 끝내면 안 될까? 구주파천과의 대결은… 정말이지 싫다."

한운지는 잔잔한 미소를 띠며 무불악의 뒷모습을 바라보다가 백을천의 손을 쥐었다.

"우리도 가요."

슈우욱……!

한 사람이 육지비행술을 전개해 진백산 바위 계곡 안으로 날아들고 있었다.

　도포를 걸친 노인은 푸른빛의 모발과 음침한 눈빛이 다소 섬뜩하지만 풍모는 신선을 방불케 할 정도였다. 노인은 다름 아닌 독마 혈루시산이었다.

　격돌의 현장으로 내려선 혈루시산은 두 구의 시체를 보고는 충격을 금치 못했다.

　"셋째… 넷째야……?"

　그는 급히 바위더미를 밀쳐 내고는 사망혈삭을 진맥했다.

　그는 무서운 독술과 더불어 뛰어난 의술을 겸비했기에 한 가닥 온기만 남아 있으면 죽은 사람을 회생시킬 수 있는 능력의 소유자였다. 그러나 이미 심장이 파열된 사망혈삭이기에 그의 능력으로 어쩔 수 없었다.

　"이럴 수가… 금마곡에서도 삼십 년을 살아 왔거늘… 너희가 이렇게 죽었단 말이냐?"

　암흑천붕의 수급을 집어 든 혈루시산은 몸통을 찾아 목을 붙여주었다. 하지만 이미 싸늘하게 식은 시체였기에 목을 붙였다 해도 되살릴 수는 없었다.

　혈루시산의 표정에는 슬픔보다 분노가 더 짙었다. 그의 눈에서 도깨비불 같은 인광이 번득였다.

　"걱정 마라. 너희들의 복수는 나와 대형이 해줄 것이다."

　혈루시산이 섭물진기를 발출하니 두 마왕의 시체가 둥실 떠올랐다.

“너희를 막내 옆에 묻어주마.”
혈루시산은 두 아우의 시체를 이끌고 허공을 미끄러져 갔
다.

第三十三章
내 손으로 죽여야 했기에

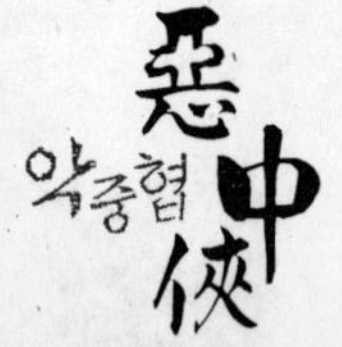

1

사망혈삭과 암흑천붕의 죽음!

난살천참에 이은 또 한 번의 쾌거에 천하인들 모두가 열광했다. 더군다나 이번에 공을 세운 사람 중에 한운지와 백을천이 포함돼 있었기에 청년기협들과 협녀들은 더욱 환호했다.

사실 그동안 한운지가 천등성현의 의발전인으로 줄곧 오대천마를 추적하고 있었지만 가시적인 성과를 내지 못해 역량을 의심받고 있는 상황이기에 더욱 값진 공적이었다.

그녀와 더불어 암흑천붕의 목을 벤 백을천은 건곤불패를 능가할 정도로 추앙을 받았다.

강호인들은 두 사람만 모여도 두 영웅재녀의 빛나는 공적을 축하하며 찬사를 아끼지 않았다.

사실 이번의 쾌거에도 그 주역이 무불악이었지만 그의 존재는 한운지와 백을천의 명성에 가려 제대로 평가를 받지 못했다.

무불악이 사망혈삭과 단독으로 대결을 펼쳐 마왕을 직접 죽이는 놀라운 공을 세웠지만 그의 활약은 그저 두 영웅재녀를 보조하는 것으로 평가절하 된 것이다.

만일 무불악이 명성을 추구하는 사람이었다면 진상 파악을 요구해 자신의 공을 인정받으려 했을 것이다.

그러나 무불악은 자신이 영웅으로 추앙받거나 의협으로 평가되는 것을 원치 않는 사람이었다. 그저 자신을 위협해 온 마왕들을 제거했기에 그것으로 충분했다.

2

"천기무화의 방문을 환영하오!"

"절세재녀를 뵙게 되어 영광이오!"

독보검궁의 검수들은 보도 좌우로 길게 늘어서서 한운지를 향해 환대의 예를 표했다.

한운지는 본래 겸손한 여인이었기에 지나친 환대에 얼굴을 붉히며 몸 둘 바를 몰라 했다. 이전에도 독보검궁을 방문한 적이 있었지만 그때는 이렇듯 적극적인 영접을 받지 못했다.

"고맙습니다."

한운지는 주변을 향해 연신 답례를 취하고는 연무장에 이르렀다.

건풍용검 손정휴와 맹산호검 악침이 환한 웃음을 띠며 한운지를 맞이했다.

"혁혁한 전공을 감축드리오, 한 소저."

"하핫, 과연 천기무화시오."

한운지는 공손하게 마주 예를 올렸다.

"두 마왕은 사해천악과 멸사신룡에 의해 제거되었습니다. 소녀는 그저 두 분을 지원했을 뿐 찬사를 받을 자격도 없습니다."

손정휴가 시원스런 웃음을 터뜨렸다.

"하하! 지나친 겸손이시오, 한 소저. 천둥성현의 의발전인인 한 소저가 없었다면 어찌 두 마왕을 처단할 수 있었겠소? 사부님께서도 이번 낭보를 듣고는 모처럼 통쾌하게 웃으셨소. 덕분에 본 궁에도 오랜만에 활기가 피었소. 한데 한 소저가 이렇듯 직접 찾아주시니 본 궁이 아직 건재함을 새삼 인식했소."

"대공자, 독보검궁은 당연히 건재합니다. 또한 그래야 하지요. 늦었지만 궁주님께서 문안 인사차 들렀어요."

"잘 오셨소. 자, 들어가십시다."

손정휴와 악침은 한운지를 내궁으로 안내했다.

연공실.

반구형 연공실은 두 개의 등잔만 밝혀져 있어 비교적 어두웠다. 연공실 중앙의 좌대에는 한 사람이 단정하게 앉아 있었다.

풍성한 도포 차림의 노인은 다름 아닌 독보신검 하후패였다.

검마 구주파천과의 비무에서 패하면서 한쪽 팔과 다리를 잃은 그는 풍성한 도포로 이를 가리고 있어 외양으로는 잘 드러나지 않았다.

그러나 비무에서 진정으로 잃은 것은 그의 높은 자부심과 명성이기에 절단된 팔과 다리는 작은 손실에 불과했다.

당시의 부상에서 아직 회복되지 않아서인지 하후패의 안색은 지극히 창백했다. 과거 첨봉처럼 압도하던 신위도 찾아보기 힘들 정도였다.

"궁주님을 뵈옵니다."

한운지는 하후패에게 절을 올리면서 날개가 꺾인 영웅의 초라한 모습에 너무도 마음이 아팠다.

하후패는 의외로 밝은 모습으로 한운지를 맞았다.

"잘 왔다, 천기무화. 본좌가 참패를 당한 이후 위로차 방문한 사람은 네가 처음이다. 참으로 많은 것을 생각하게 한 나날들이었다."

"궁주님, 모두들 안타까운 심정으로 궁주님의 쾌유를 기원하고 있습니다. 다만 직접 찾아뵙지 못했을 뿐입니다."

"알고 있다. 외팔이에 외다리가 된 불구자를 찾아와 위로한다는 것도 사실 쉬운 일은 아니지."

하후패는 자조적인 쓴웃음을 짓다가 화제를 돌렸다.

"소식 들었다. 네가 큰 공을 세웠더구나."

"두 마왕은 사해천악과 멸사신룡에 의해 제거된 것입니다. 소녀의 역할은 미미했습니다."

"어처구니없게도 한때 무림공적으로까지 거론되던 악당이 두 명의 마왕을 연거푸 죽였으니 이를 어떻게 해석해야 할지 난감하구나."

"과거의 사해천악이 아님을 유념해 주십시오."

"본좌는 녀석과 일검을 교환한 적이 있었다. 의인은 아니지만 절대악은 아닌 것으로 보였다. 더군다나 검마와도 대결한 녀석인데……."

하후패는 두 제자를 힐끗 보고는 화제를 돌렸다.

"그래, 단지 문안차 본좌를 찾아온 것은 아닐 테고… 어떤 일로 찾아온 것이냐?"

"천풍무국을 견제하기 위해 독보검궁의 힘이 필요합니다."

한운지는 황금문주 백만복이 처한 상황을 상세히 고하고는 인질 구출 작전을 설명했다.

"사해천악과 멸사신룡이 성공적으로 인질을 구출해도 백문주 주변의 감시자를 제거하지 못하면 백 문주는 자유로울 수 없습니다. 그래서 궁주님을 치료할 약을 구한다는 목적으로 황금문을 방문해 천풍무국의 첩자들을 제거할 계획입니다."

"흐음, 황금문에 그런 일이 있었구나. 사실 천풍무국의 사세 확대는 가장 인접해 있는 본 궁에게 가장 큰 위협이었다. 워낙 거대한 집단이니 자금줄이 끊어진다면 크게 위축될 것이다."

하후패는 두 제자에게 시선을 돌렸다.

"정휴는 금검수를 대동해 천기무화를 지원하라."

"명을 받들겠습니다."

"그리고 악침은 검수들을 이끌고 멸사신룡을 지원해라. 선부른 침투는 오히려 저들의 작전에 방해가 될 테니 외부에 잠복해 있다가 저들이 탈출할 경우 천풍무국의 추격을 차단하는 데 주력해라."

"예, 사부님."

두 제자가 연공실을 나가자 하후패는 한운지를 가까이 불러들였다.

"운지, 네가 무불악과 각별하다 들었다. 대체 그자의 정체가 뭐냐?"

"송구하오나 그 사람의 신분은 말씀드릴 수 없습니다."

"흐음, 네가 밝히기 곤란하다면 어쩔 수 없군. 한데 녀석이 왜 검마와 같은 대마왕에게 도전한 것이냐?"

"어떤 비밀을 알기 위해 검마를 만난 것이지 대결할 의도는 전혀 없었습니다. 한데 사해천악이 의천무경의 후계자임을 알게 된 검마가 대결을 강요해 싸우게 된 것입니다."

"크게 다치지는 않은 것이냐?"

"사해천악의 말로는 일검도 감당하기 어렵다고 했습니다. 하지만 검마의 절대마검과 맞서서 죽지 않았다는 것이 중요하다고 사료됩니다."

"그렇다. 본좌가 이런 수모를 당했는데 무불악은 멀쩡했다면 남다른 능력이 있는 게 분명하구나."

하후패는 잠시 고심하다가 목소리를 낮추었다.

"무불악과 만나고 싶다. 네가 주선해 다오."

"……?"

"너는 영민한 아이이니 본좌가 무엇을 의도하는지 이미 짐작했을 것이다. 무불악에게도 결코 해가 되지는 않을 것이다."

"노력은 해보겠습니다. 하지만 사해천악은 워낙 특이한 성격의 소유자라 설득이 쉽지 않습니다."

하후패는 잔잔한 미소를 머금었다.

"구주파천의 절대마검에 죽지 않으려면 기꺼이 본좌를 찾
아와야 할 것이다. 그런 자들에게는 설득보다 협박이 훨씬 유
효하다. 그 점만 명심하면 된다."

3

천풍무국은 그 자체가 하나의 나라이기에 웬만한 물자는
자체적으로 조달한다. 하기에 이들의 관할 구역 내에는 전사
들만 있는 것이 아니라 목수, 석공, 장인, 대장장이를 비롯해
의원과 화공 등등이 상주하며 이들끼리의 상거래도 이루어지
고 있었다.

물론 이런 일상적인 생활은 천풍무국 외성에서만 가능하
다.

높은 성벽으로 둘러진 내성은 전사들이 군병들처럼 내성
일대에 포진해 있다.

그리고 천풍무국 내에서 가장 경비가 삼엄한 금성은 마치
황궁처럼 철저한 신분 확인을 거쳐야만 입성할 수 있다. 반입
되는 모든 물자는 두 번의 검수를 거쳐야 하고 반출되는 물자
또한 엄격한 검사 과정을 통과해야 한다.

"야아, 엄청 넓구면."

전사 차림으로 변장을 한 무불악이 백을천과 함께 내성으

로 들어서며 한 소리 했다.

"예미, 이게 정말 무림 집단이야, 나라야? 대체 천향무후라는 계집이 무슨 의도로 이런 거대 집단을 세운 거지?"

두 사람은 짐마차를 이끌고 금성으로 향하는 중이었다. 말고삐를 쥐고 있던 백을천이 나직이 말했다.

"내성은 감시가 철저해 우리가 전사로 변장해 있지만 행동은 극히 제약될 수밖에 없소. 날이 어두워지기를 기다렸다가 내성의 뇌옥부터 수색해야겠소."

"아니, 이 넓은 지역을 언제 다 수색한단 말이오? 일단 조금 높은 놈을 잡아 조져서 정보부터 입수해야겠소."

"그러면 우리의 잠입이 발각되지 않겠소?"

"수천 명이 바글거리는데 한두 놈 잠시 사라졌다고 제대로 보고나 되겠소? 그리고 이런 거대 집단이라면 설사 누군가의 잠입이 밝혀져도 소란 따위는 피우지 않을 것이오."

백을천이 가볍게 목례를 취했다.

"무 형의 그 의연함이 존경스럽소."

"뭐, 존경까지는……."

무불악은 우쭐하다가 서서히 다가오는 금성의 높은 성곽에 절로 입이 벌어졌다.

거대한 바위 벼랑이 천연 방벽처럼 둘러진 위로 견고한 성벽과 망루가 세워져 있었다. 천연 방벽과 성벽의 높이는 무려 오십 장에 달해 올려다보기도 고개가 아플 정도였다.

"염병, 저곳을 어떻게 들어가지?"

백을천 역시 난감한 표정을 지었다.

"소제도 지난번 잠입했을 때 저 높은 성벽 앞에 좌절하고 말았소. 만일 백 문주의 혈족이 금성의 뇌옥에 감금돼 있다면 구출은 불가능하오."

"역시 애초부터 불가능한 일이었어. 사실 우리가 목숨 걸고 골골 영감의 혈족을 구해야 할 이유가 없지 않소? 어쨌든 시도는 해보았으니 이만 돌아갑시다."

"무 형, 아직 구출 시도도 해보지 않았소. 저들이 내성에 투옥돼 있을 수도 있으니 조사는 해봐야 하오."

"그럴 필요 없다니까."

무불악이 말고삐를 손에 쥐고 말머리를 돌리려 하자 백을천이 결연하게 말했다.

"무 형이 포기하겠다면 나 혼자라도 감행할 수밖에 없구려."

"뭐요, 혼자서 하겠다고?"

"시도도 하지 않은 채 포기한다면 어찌 한 소저를 대할 수 있겠소?"

"……"

무불악은 백을천을 빤히 주시하다가 짜증스럽게 내뱉었다.

"거 계집 하나가 사내 둘을 죽이누먼."

두 사람은 금성 근처에 이르자 골목으로 급히 마차를 몰았다. 성곽 주변을 순시하는 전사들의 경계가 워낙 엄중해 자칫 신분이 탄로 날 우려가 있어서였다.

두 사람은 진입로 옆 반점에 들어가 잠시 휴식을 취했다.

내성의 반점은 무료로 운영되었기에 신분을 입증할 수 있는 패찰만 보이면 술과 간단한 안주를 마음껏 가져다 먹을 수 있었다.

두 사람은 난간에 놓인 탁자에 앉아 술과 안주로 허기를 채웠다.

"이 많은 놈들을 먹여 살리려면 정말 엄청난 자금이 필요하겠어. 외성에서 일부 거둬들이는 세금으로는 어림도 없겠소."

"그래서 황금문의 막대한 자금이 필요했을 것이오."

"사실 천풍무국이 흉측한 마음만 품지 않는다면 공연히 건드릴 필요는 없지 않소?"

무불악이 계속 몸을 빼려 하자 백을천이 단호하게 말을 받았다.

"저들이 세 명의 마왕을 봉공으로 수용했다는 것만으로도 이미 사마의 무리임이 입증되었소. 더군다나 남의 혈족을 인질로 삼아 재물을 갈취하고 있으니 능히 천하를 집어삼킬 자들이오."

무불악은 더는 천풍무국을 비호할 수 없어 거리로 시선을 돌렸다.

두두두—!

한 무리의 기마대가 자욱한 먼지를 일으키며 금성으로 달려가고 있었다. 금은이 수놓아진 채색의를 걸친 전사들은 모두 여인이었다.

내성의 전사들도 여전사들을 경계하는 듯 급히 좌우로 비켜서 길을 내주었다.

무불악은 무심코 여전사들을 쓸어 보다가 눈을 번쩍 떴다.

"엇?"

그는 기마대를 이끄는 절세적 용모의 여전사를 보고는 입을 다물지 못했다.

"저… 저 계집애가 어떻게 이곳에……?"

백을천은 뒤늦게 시선을 돌렸기에 금성으로 달려가는 여전사들의 뒷모습밖에 볼 수 없었다.

"왜 그러시오, 무 형?"

무불악은 자신의 볼을 꼬집어보았다.

"내가 지금 꿈을 꾸고 있나?"

그는 거푸 석 잔의 술을 마시고는 객점을 나섰다.

"아무래도 다시 확인해 봐야겠어."

백을천도 술잔을 내려놓고 그의 뒤를 따랐다.

기마대는 금성의 성문 앞에 이르자 잠시 멈춰 섰다.

절색의 여전사가 패찰을 건네자 이를 확인한 금색 두건의
수문장이 길을 내주었다.

"들어가시오, 영주."

여전사들을 태운 기마대는 높은 성문을 통과해 금성으로
들어갔다.

다각다각……!

여전사들은 나선형으로 조성된 돌길을 따라 간간이 모습
을 보이다가 이내 성곽에서 사라졌다.

무불악은 건물 뒤편에서 그들을 바라보고 있다가 연신 고
개를 끄덕였다.

"확실해. 소채, 그 계집이 분명해."

백을천이 짙은 눈썹을 불끈 치켜올렸다.

"그게 무슨 말씀이오. 무 형? 소채라면… 잔광혈화 냉소채
소저를 말하는 것이오?"

"그렇소. 화훼문의 소문주였소. 한데 그 계집애가 언제 천
풍무국의 일원이 된 거지?"

"무 형, 정말 잔광혈화란 말이오?"

"확실하오. 내가 그 계집 때문에 고깃덩이처럼 매달려 죽
을 뻔했는데 어찌 잊을 수 있겠소?"

"그렇다면……."

백을천이 무불악을 한쪽으로 이끌었다.

"우리 불패성이 입수한 정보에 의하면 화훼문은 화훼문주

가 타계한 이후 한시적으로 봉문을 선언했소. 화훼문을 계승해야 할 냉 소저가 강력한 무공을 수련하기 위해 자파를 떠났다고 들었소. 그렇다면 냉 소저는 천풍무국의 절기를 전수받기 위해 입문한 것이 분명하오."

"명색이 일문의 문주인데 타 문파의 졸개가 되었단 말이오?"

"냉 소저는 사부의 비참한 죽음에 자결까지 시도했다고 들었소. 그런 여인이니 복수를 위해 무슨 짓이든 못하겠소?"

무불악은 지은 죄가 있기에 공연히 가슴이 뜨끔했다.

"그러니까 냉소채 그 계집애가 나를 죽일 무공을 배우기 위해 천풍무국의 전사가 되었다… 그 말이오?"

"현재로서는 달리 생각하기 어렵소."

백을천은 어두운 신색이 되어 탄식했다.

"중원삼화로 불리던 그녀마저 천풍무국의 일원이 되었으니 참으로 애석한 일이오."

"계집애, 그러기에 왜 나를 건드려?"

무불악은 툴툴거리며 한마디 내뱉다가 갑자기 눈을 동그랗게 떴다.

"가만, 나에 대한 복수심이 그렇듯 강렬하다면 그것을 이용할 수도 있겠어."

"무 형, 그게 무슨 말씀이오?"

"생각해 보시오. 냉소채가 오로지 복수를 위해 자존심과 몸을 버리고… 아니, 몸까지 버린지는 확실치 않지만 어쨌든 복수심에 젖어 있는 것은 확실치 않소? 한데 만일 내가 비명횡사라도 한다면 계집애의 심정이 어떻겠소?"

"참으로 비통하고 억울하겠지요."

"그렇지. 아마 너무도 분해 자신의 심장이라도 찢고 싶을 심정일 것이오. 그래서 나를 살릴 수만 있다면 제 몸이라도 던질 것이오."

백을천은 이해가 되지 않는 듯 손으로 이마를 짚었다.

"무 형, 제발 차분하게 설명해 주시오. 당최 무슨 말을 하는지……."

"뭐야, 의외로 머리가 잘 돌아가지 않네? 잘 들으시오. 나는 은밀하게 소채를 찾아가 인질 구출에 협조를 요청할 것이오."

"잔광혈화가 이미 천풍무국의 일원이 되었는데 과연 협력하겠소?"

"이런 답답하기는! 만일 인질 구출에 실패하면 내가 죽는단 말이오. 찢어 죽이고 싶은 원수가 눈앞에서 죽게 됐는데 그 계집애가 보고만 있으려 하겠소? 소채는 무조건 나를 도울 수밖에 없소."

묘책이라면 나름대로 묘책일 수 있었다.

하지만 달리 생각한다면 지나치게 단순한 계책이며 엄청

난 모험이기도 했다. 잔광혈화가 앙심을 품고 상부에 이를 보고하면 무불악은 꼼짝없이 죽을 수밖에 없다.

백을천은 잠시 고심하다가 결연한 표정을 지었다.

"무 형, 아무래도 소제가 잔광혈화를 만나 부탁하는 것이 훨씬 나을 것 같소. 소제가 냉 소저와는 그래도 면식이 있는 사이이니 대의를 내세우면 협조해 줄 것이오."

무불악은 한심하다는 듯 백을천을 세차게 공박했다.

"지금 그것을 말이라고 하는 거요? 냉소채는 지극히 단순한 계집이라고. 그래서 오로지 복수심 때문에 천풍무국의 일원이 되었소. 한데 강호 정의 따위가 눈에 들어오겠소. 오히려 공을 세우기 위해 침입자인 백 형을 제압해 상부에 바칠 것이오."

"소제가 어렵다면 무 형 역시 마찬가지요. 잔광혈화를 이용하는 계책은 재고합시다."

백을천이 만류했지만 무불악은 자신의 묘책을 확신했다.

"백 형, 내가 장담하는데 냉소채는 내가 남의 손에 죽는 꼴을 절대 보지 않으려 할 거요. 어떻게든 내가 무사히 탈출할 수 있도록 최선을 다해 협력할 테니 두고 보시오."

"너무 위험한 계책이오."

"우리는 이미 호랑이 굴에 들어섰소. 달리 방법이 없으니 내 계책대로 밀고 나가겠소. 백 형은 인질들을 대동해 천풍무국을 탈출할 수 있는 방법이나 모색해 놓으시오."

무불악이 고집을 부리자 백을천은 더는 거부할 수가 없었
다.

"알겠소. 한데 잔광혈화와는 어떻게 접촉할 생각이오?"

무불악은 아득히 높은 금성의 성벽을 가리켰다.

"달리 방법이 있겠소? 금성으로 침투하는 수밖에."

딱, 딱, 딱……!

삼경을 알리는 순찰 무사들의 타판 소리가 고즈넉하게 울
려 퍼졌다.

천향무후의 처소인 천향궁은 금성 내에서도 금역이기에
나는 새도 지나갈 수 없다. 천향궁의 경계는 천향영주인 냉소
채의 지휘 아래 모두 여전사들이 담당한다.

냉소채는 늦은 시각까지 직접 경계 상황을 점검하고는 자
신의 처소로 들어섰다.

냉소채는 등잔 하나만 밝히고는 창가 의자에 앉아 차갑게
식은 차를 마셨다.

강력한 절기를 배워 복수를 하겠다는 일념을 품고 천풍무
국에 몸을 담았지만 상황은 그녀가 원하는 대로 이루어지지
않았다.

천향무후가 하사한 몇 가지 절기는 금지된 악마지공으로
실로 엄청난 위력을 지녔다. 하지만 악마지공을 전개하기 위
해서는 그에 걸맞는 심법이 필요했다.

마도의 운공법이 배제된 마공절기는 그 위력이 현저히 떨어지기에 냉소채는 마도의 운공법을 요구했다. 그러자 천향무후는 주상의 은총을 입어야만 운공법을 하사할 수 있다며 전수를 미루었기에 초조한 심정으로 기다릴 수밖에 없었다.

냉소채는 자신의 처지를 돌이키며 시름에 찬 탄식을 흘렸다.

"아, 과연 내가 처신을 제대로 하고 있는 것일까? 복수심에 치우쳐 너무 성급했던 것은 아닌지 몰라. 다소 시간이 걸리더라도 본 문의 절기에 매진했어야 했는데……."

그는 철천지원수 무불악을 떠올리며 꽃잎처럼 붉은 입술을 꼭 깨물었다.

"무불악, 이 원수야! 반드시 네놈의 목을 베고 심장을 갈라 이 원한을 갚겠다!"

한데 이때였다. 희미한 등잔불이 어른거리며 방 안의 분위기가 바뀌었다.

"……?"

본능적으로 한기를 감지한 냉소채는 허리춤의 연검을 쥐었다.

외부의 침입자는 생각하기 힘들기에 그는 혹시 천향무후가 은밀하게 찾아온 것은 아닐까 생각했다. 같은 여인끼리 몸을 비벼야 하는 행위는 소름이 끼칠 만큼 혐오스러웠지만

천향무후의 총애를 받기 위해서는 피할 수 없는 음행이었
다.

한데 느낌이 달랐다. 천향무후만이 지닌 특유의 향기로운
체향이 전혀 감지되지 않은 것이다.

'이럴 수가! 누가 감히 금성까지 잠입했단 말인가?

냉소채는 조용히 몸을 일으켰지만 연검을 뽑지는 않았다.

"누구냐?"

나직하면서 싸늘한 음성이었다.

그러자 냉소채의 귓속으로 모기 소리 같은 전음이 흘러들
었다.

[나야, 소채. 네가 소리치면 난 죽는다. 그러면 넌 영원히
복수를 할 수 없게 된다. 그러니 신중하게 행동해라.]

오랜 친구처럼 다정한 어조.

그러나 그 목소리를 듣는 순간 냉소채는 등줄기가 서늘해
지며 심장이 요동쳤다.

"무… 불… 악……?"

"목소리 낮춰."

어둠 속에서 하나의 인영이 날아들며 냉소채의 혈도를 찍
었다.

야행복 차림의 무불악이었다.

무불악은 냉소채를 품에 안고는 침소로 들어섰다.

"이거 갑자기 생각이 달라지는데?"

냉소채를 침상에 눕힌 무불악은 힘껏 부둥켜안으며 볼을
비벼댔다.

"반갑다, 소채. 정말 반가워."

"추잡한 새끼, 이게 무슨 짓이냐? 이곳이 감히 어디라
고?"

"야, 목소리를 낮추라고 했잖아?"

무불악은 냉소채를 입을 막고는 귀에 대고 속삭였다.

"잘 생각해서 행동해라. 지금 날 죽이는 것은 어렵지 않다.
소리만 치면 천풍무국의 일만 전사들이 금성을 에워쌀 테니
난 죽을 수밖에 없다. 하지만 넌 복수를 포기해야 돼. 네 손으
로 날 죽이겠다는 염원은 끝장이라고."

"……."

"나는 네 도움이 필요해 위험을 무릅쓰고 찾아온 거다. 반
드시 도와줘야 돼. 알겠어?"

그러나 무불악을 직시하는 냉소채의 눈에는 적개심이 가
득했다. 만일 그녀의 눈빛이 칼날이었다면 무불악은 진작 천
토막 만 토막이 났을 것이다.

무불악은 생각보다 설득이 쉽지 않자 강경한 태도를 취했
다.

"좋아. 네년이 정 협조하지 않겠다면 당장 천향궁으로 뛰
어들어 천향무후를 죽이겠다. 또한 내가 여기까지 잠입하는
데 네 협조를 얻었다고 떠들어댈 것이다. 결국 너도 살아남지

못해."

동귀어진과 같은 협박에 냉소채는 심각한 갈등에 빠졌
다.

무불악은 일전에도 천풍무국을 침입한 적이 있는 추살 대
상자다. 그녀가 무불악의 잠입을 고발한다면 공적을 인정받
게 될 것이다.

그러나 무불악이 천풍무국의 전사들과 싸우다가 죽는다면
그녀의 손으로 직접 살을 저미겠다는 복수는 수포로 돌아간
다. 자존심과 절개마저 포기하고 천풍무국의 일원이 된 자신
의 결정이 그저 통한으로만 남게 되는 것이다.

원수를 눈앞에 두고 당장 손을 쓸 수 없는 그녀로서는 눈물
이 나올 만큼 원통했다. 하지만 지금은 불같은 감정보다 얼음
처럼 냉철한 이성이 필요한 상황이었다.

냉소채는 이를 악물고 감정을 자제했다.

'그래, 지금은 시기가 아니다. 이 원수가 죽지 않아야 내
손으로 복수할 수 있어.'

그녀는 몇 번 숨을 들이켜고는 고개를 끄덕였다.

무불악은 그녀의 입을 틀어막은 손을 풀어주었다.

"정말 잘 생각했다, 소채. 혈도도 풀어줄 테니 허튼수작은
하지 마라. 알겠지?"

혈도가 풀리자 냉소채는 거칠게 무불악을 밀쳐 냈다.

침상 발치로 밀려난 무불악은 양손을 쳐들며 우호적인 미

소를 지었다.

"왜 이래, 소채? 허튼수작 하지 않기로 했잖아?"

냉소채는 분노와 격동을 참기 위해 주먹을 꼭 쥐었다. 하얀 손등에 푸른 힘줄이 선명하게 돋아났다.

"대체… 무슨 수작이냐?"

"길게 설명할 시간 없다. 황금문주 백만복의 혈족을 구해야 하는데 정보가 필요하다. 네가 직접 안내해 주면 더욱 좋고."

"뭐야, 백만복의 혈족?"

냉소채는 믿기지 않은 눈빛으로 무불악을 훑어보았다.

"네가 정말 황금문의 인질을 구출하기 위해 잠입했단 말이냐?"

"그래."

"너같이 비열하고 추잡한 놈이… 왜 그런 무모한 일에 나선 것이냐?"

"내가 나서지 않으면 운지가 직접 뛰어들겠다는데 어쩌겠냐? 아, 그렇다고 질투는 하지 마."

"개소리 마라. 내가 왜 네놈 따위 때문에 질투를 한단 말이냐?"

"본래 증오가 애증이 되고, 애증이 연모가 되는 거잖아? 염병, 왜 자꾸 얘기가 옆으로 새는 거야? 시간 없으니까 어서 말해봐."

"잠시 기다려라."

침소를 나선 냉소채는 연거푸 석 잔의 차를 마셔 가슴을 진정시켰다. 그녀는 창문을 열고 잠시 정원을 살피다가 다시 창문을 닫고 돌아섰다.

"황금문의 인질은 워낙 중요한 신분이기에 금성의 별각인 조화각에서 특별 관리되고 있다."

"별각이라고? 뇌옥이 아니라면 빼내기가 쉽겠군."

"그런 소리 마라. 조화각은 기관장치와 백 명의 전사에 의해 감시되고 있다. 너 혼자는 절대 불가능해."

침소를 나선 무불악이 의자에 앉으며 차를 따랐다.

"계집애, 당세의 공포라는 오대천마 중 두 명이 내 손에 죽었다. 사실 내가 인질들을 절박하게 구해야 할 이유는 없지만 약조를 한 이상 노력은 해봐야지."

"너 혼자 잠입한 것이냐?"

"백을천과 함께 왔다. 녀석은 내성에 머물면서 인질과 함께 탈출할 방법을 찾고 있다."

"백을천……? 당대의 열협인 멸사신룡이 너처럼 비열하고 잔혹한 악당과 함께 행동한단 말이냐?"

무불악은 실소를 흘렸다.

"소채, 내가 너한테나 원수이지 세상에서는 존경받은 영웅이다. 남양왕부의 화운군주를 구출하고 두 마왕을 죽인 영웅이란 말이다."

“…….”

“그렇다고 착각하지 마라. 내가 뭐 개과천선해서 의협이
된 것은 아니니까. 젠장, 계속 얘기가 새고 있잖아? 조화각은
어디에 있고 인질은 몇 명이나 되는 거냐?”

“…….”

냉소채는 잠시 그를 직시하다가 탁자로 가서 빈 두루마리
를 펼쳤다.

“황금문의 인질은 모두 다섯 명이다. 백만복의 아들 둘과
손자 세 명. 무공 한 초식 모르는 사람들인데 그들을 데리고
탈출이 가능하겠냐?”

냉소채는 가는 붓으로 금성의 내부 지도를 상세하게 그려
주었다.

“그들 모두를 구출하는 것은 불가능하다. 너는 비열한 놈
이니 어떻게 해야 할지 잘 알 것이다.”

“그게 무슨 소리냐? 나머지는 죽이라는 거냐?”

“네가 판단할 문제이니 내게 묻지 마라.”

냉소채는 두루마리를 무불악에게 건넸다.

“시간이 많지 않다. 어서 가라.”

“냉소채, 한 가지 확인할 게 있다. 천풍무국의 국주가 정말
천향무후라는 계집이냐?”

“외양적으로는 그렇다.”

“외양적이라니? 그럼 실질적인 국주가 달리 있단 말이냐?”

"네게 답변할 이유가 없다. 어서 꺼져라."

"난 꼭 알아야겠다. 대체 국주란 자가 누구냐?"

"……."

냉소채가 입을 다물자 무불악은 표정을 굳히며 다그쳤다.

"어서 말해. 네년이 밝힐 때까지 가지 않겠다."

"인질 구출을 포기할 셈이냐?"

"그따위 인질은 내게 중요치 않다."

"왜… 국주의 정체가 네게 중요한 것이냐?"

"넌 알 것 없다. 오로지 내 개인적인 문제이니까."

냉소채는 잠시 고심하다가 대답해주었다.

"천풍무국의 실제 국주는 주상으로 불리는 자다. 나도 아직 만나 보지 못해 누구인지는 모른다."

"주상……? 설마 계집은 아니겠지?"

"물론 아니다."

무불악의 얼굴에 환한 기운이 피어올랐다.

"좋아, 천풍무국의 신비로운 주인이 확실히 계집이 아니라 이거지? 이것만으로 잠입한 보람이 있군."

무불악은 지도를 꼼꼼하게 살피며 물었다.

"금성을 빠져나가도 내성과 외성을 통과하는데 시간이 너무 많이 걸린다. 비밀 통로 같은 곳은 없냐?"

그러자 냉소채는 두루마리를 펼쳐 내성의 지도를 일부 그려주었다.

"북서쪽으로 이십여 리쯤 달려가면 천길 낭떠러지에 이르게 된다. 높은 벼랑이지만 너와 멸사신룡의 무공이라면 벼랑을 타고 내려갈 수 있을 것이다. 그리로 가면 대부분의 추격은 따돌릴 수 있다."

무불악은 지도를 숙지하고는 냉소채의 손을 쥐었다.

"고맙다, 소채."

냉소채는 매몰차게 뿌리치며 싸늘하게 내뱉었다.

"네놈은 꼭 내 손으로 죽이겠다."

무불악은 눈을 찡긋해 보이고는 후문 쪽으로 미끄러졌다.

"또 보자, 소채."

후문이 약간 열리는가 싶자 무불악은 연기처럼 사라졌다.

비로소 혼란스런 현실에서 깨어난 냉소채는 자신의 머리를 쥐어뜯었다.

'아, 내가 지금 무슨 짓을 한 거야? 찢어 죽여도 시원치 않을 원수를 도와주다니…….'

그녀는 당장이라도 소리를 질러 침입자의 존재를 알리고 싶었지만 고함은 목구멍에서만 맴돌았다.

죽어서는 안 될 존재.

그 존재가 바로 철천지원수 무불악이기에 냉소채는 혼란스런 감정을 가슴에 담고 침소로 들어섰다. 머지않아 비상경

보가 울릴 것이기에 잠깐이라도 눈을 붙여야 했다.

침상에 엎어진 그녀는 입술이 터져라 깨물었다.

'죽지 마라, 무불악! 제발 무사히 탈출해라.'

第三十四章
송충이는 솔잎을 먹어야 한다

1

조화각(彫花閣)은 이름 그대로 종이나 헝겊을 이용해 만든 조화로 꾸며진 전각을 말한다. 향기가 전혀 없는 곳이니 화려한 외양과 달리 삶이 삭막한 곳이다.

조화각 주변은 기관장치가 둘러져 있기에 두 곳의 좁은 진입로를 통해서만 출입이 허용된다.

또한 주변으로 백 명의 전사가 교대로 번을 서며 밤낮없이 보초를 서고 있기에 은밀한 탈출과 잠입은 불가능했다.

담장을 따라 환히 밝혀진 횃불로 인해 조화각은 밤이 존재하지 않았다.

스무 명의 경비무사는 여느 때와 마찬가지로 각자의 구역을 지켜선 채 외부의 동정을 예리하게 감시하고 있었다.

한데 날카로운 바람 소리가 연속적으로 이어지며 경비무사들은 차례로 고꾸라졌다.

동료들의 죽음을 눈치챈 경비무사들이 다급히 외쳤다,

"침입자다!"

"어서 경보를 울려라!"

하지만 약간의 시차를 두고 그들 역시 섬광이 번득이는 순간 목이 날아갔다.

단숨에 경비망을 통과한 무불악은 조화각 안으로 뛰어들었다.

외부의 소란에 놀라서 깨어난 사람들이 거실로 뛰어나왔다. 두 명의 중년인과 세 명의 아이는 서로 부둥켜안은 채 덜덜 떨었다.

"아버님, 숙부님! 무슨 일입니까?"

"두렵습니다, 아버님."

거실로 들어선 무불악은 지풍을 발출해 세 아이의 수혈을 찍었다.

두 중년인이 채 입을 열기도 전에 무불악이 빠르게 상황을 설명했다.

"난 백만복 문주의 부탁을 받고 당신들을 구하러 온 사람이오. 하지만 워낙 경계가 철통같아 당신들 다섯을 모두 구출한다는 것은 불가능하오. 어른은 한 명, 아이는 두 명까지 구할 수 있소. 시간이 없으니 빨리 결정하시오."

백만복의 두 아들인 백자문과 백상문은 고민스런 표정으로 서로를 바라보았다.

와지끈—!

문과 창문이 박살나며 천풍무국 전사들이 뛰어들었다.

무불악은 간장검을 휘둘러 진입하는 전사들을 가차없이 쓰러뜨렸다.

"어서 결정하시오. 지체하면 한 명도 구하지 못하게 될 거요."

백자문이 침통한 모습으로 말했다.

"여기 두 아이는 내 아들이오. 나는 장손인 일기를 선택하겠소."

백상문은 겨우 예닐곱에 불과한 사내아이를 품에 안았다.

"명기는 내 유일한 혈육이오. 부탁하겠소."

무불악은 어린 백명기를 가슴에 안고 옷자락으로 단단히 동여맸다. 연후 백일기를 등에 업고 천으로 둘렀다.

"두 아이는 내가 책임지겠소. 하지만 당신들이 생존해 있으면 백만복 문주는 황금문의 협박에서 벗어날 수 없소. 결국은 황금문의 모든 재물이 소진돼 가문조차 유지하지 못할 것이오."

백자문은 둘째 아들을 품에 안았다.

"무슨 말씀인지 알겠소. 사실 진작 목숨을 끊고 싶었지만

가문의 혈통이 끊어질까 두려워 구차한 목숨을 이어왔소. 이
제 대협 덕분에 두 아이가 구출된다면 안심하고 죽을 수 있겠
소.”

무불악은 다시 검을 휘둘러 창문을 뚫고 뛰어든 전사들을
쪼갰다.

“자결이 두렵다면 내가 대신 죽여줄 수도 있소.”

냉혹한 제안에 백자문 형제는 부르르 몸을 떨었다.

“아… 아니요. 우리 스스로 죽겠소.”

백자문은 바닥에 떨어져 있는 칼을 집어 들었다. 그는 작은
아들을 찌른 후 자신의 심장에 칼을 꽂았다. 백상문은 검을
입에 물고 앞으로 고꾸라졌다.

무불악은 세 사람의 죽음이 조금은 마음에 걸렸지만 그로
서도 달리 대안이 없었다.

“어쩌겠어? 모두를 구할 수 없다 하여 모두를 포기할 수는
없잖아?”

무불악은 두 아이를 보호하기 위해 호신강기를 발출했다.

그가 남을 위해 엄청난 공력이 소진되는 호신강기를 펼치
는 것 자체가 예전과 다른 면모였다.

“그럼 나가볼까?”

그는 천장을 향해 간장검을 휘둘렀다. 천장을 쪼갠 무불악
은 빠른 속도로 치솟아올랐다.

주변은 무수한 횃불이 밝혀져 대낮을 방불케 했다.

경종이 요란하게 울려 퍼지고 허공으로 연신 폭죽이 터졌다. 천풍무국 전체가 깨어난 것이다.

"새끼들, 총출동했구먼."

무불악은 냉소채가 그려준 지도를 되새기며 기관장치가 설치된 동쪽 수림으로 몸을 날렸다. 그러자 상당수 전사들이 무불악을 뒤쫓아 동쪽 수림으로 뛰어들었다.

퍼퍼펑—!

연이은 폭음이 터지며 무수한 암기가 폭발하고 사방에서 불길이 뿜어졌다. 기관장치는 피아를 가리지 않기에 건드린 자들을 공격할 수밖에 없다.

무불악을 뒤쫓던 전사들 백여 명이 순식간에 참혹한 죽임을 당했다.

이때쯤 당도한 냉소채가 날카롭게 외쳤다.

"기관장치가 설치됐으니 숲으로 뛰어들지 마라! 금성의 성곽을 봉쇄해 침입자의 탈출을 저지하라!"

뒤미처 조화각 마당으로 내려선 전주와 영주 급들이 각기 휘하의 전사들을 인솔했다.

"나를 따르라!"

"우리는 북문 쪽으로 간다!"

"천갑전 전사들은 동문을 지원하라!"

냉소채는 천향궁 소속 여전사들을 대동해 조화각으로 들어섰다.

세 구의 시체가 핏물 속에 잠겨 있었다.

백자문 형제와 백자문의 둘째 아들.

여전사들은 세 구의 시체를 세심하게 살피고는 보고를 올렸다.

"세 명 모두 죽었습니다, 영주."

"독한 놈! 모두들 구출할 수 없다 싶어 남은 자들을 해쳤군."

냉소채는 여전사들을 이끌고 조화각을 나섰다.

"놈 혼자 침투하지는 않았을 것이다. 필시 조력자가 있을 테니 너희는 외성으로 달려가 또 다른 침입자를 색출하라!"

"예, 영주."

여전사들은 좁은 진입로를 따라 달려갔다.

냉소채는 바닥에 널브러진 천풍무국 전사들의 시체를 쓸어 보며 눈을 가늘게 떴다.

'과연 탈출에 성공할 수 있을지 모르겠군.'

번ㅡ쩍!

섬광이 번득일 때마다 전사들 십여 명이 한꺼번에 고꾸라졌다. 간장검의 예기가 워낙 강력해 웬만한 병기들은 수숫대처럼 동강났다,

"비켜라, 버러지들!"

무불악은 빠른 속도로 달려가며 연신 검을 휘둘렀다.

조여드는 포위망을 돌파하는 상황이기에 화려하고 현란한

초식은 필요 없었다. 아직도 갈 길이 멀기에 공력 소모가 적은 쾌검이 가장 효과적이었다.

중병기든 호신갑이든 부딪치는 족족 박살 내는 간장검의 강력한 예기 덕분에 무불악은 공력 소모를 줄일 수 있었다.

퍼퍼퍽—!

세 겹의 포위망을 돌파한 무불악은 화톳불이 환하게 밝혀진 금성의 성곽 위로 몸을 날렸다.

천풍무국의 전사들은 성곽 위에도 빽빽하게 포진해 있었지만 무불악의 강력한 공격을 당해내지 못했다.

“아아악!”

“으악!”

폭풍벽파신권에 적중된 전사들 십여 명이 처절한 비명을 토하며 성곽 아래로 고꾸라졌다.

이때 두 명이 날아들며 무불악의 좌우를 동시에 공격했다.

“설쳐대지 마라!”

“네놈은 우리가 상대해 주겠다!”

판박이처럼 똑같은 용모의 두 청년은 옷 색깔과 병기로만 구분되었다. 바로 천향무후의 측근 호위인 백검절과 흑도절이었다.

쐐애액—!

도검의 위력은 실로 놀라웠다. 무수한 검화가 화려하게 허공을 수놓고 시퍼런 도기는 호선을 그리며 파고들었다.

"뭐, 뭐야? 이놈들은?"

무불악은 급히 은하성천검법을 구사해 흑백쌍절의 합공을 막아냈다.

차차차창—!

날카로운 금속성이 오래도록 이어졌다.

"윽……!"

무불악은 답답한 신음을 토하며 주춤주춤 뒤로 물러섰다.

호신강기를 펼쳐둔 덕분에 외상을 입지는 않았지만 강기를 강타한 검화와 도기의 위력에 기혈이 들끓었다.

'초일류고수들이군. 지금은 이놈들과 싸울 상황이 아니다.'

무불악은 공연히 기합을 외치며 검강을 발출하기 위해 기수식을 펼쳤다.

흑백쌍절은 강력한 상승 검법에 대응하기 위해 각기 도검에 최고조의 공력을 주입시켰다.

하지만 무불악은 미흡한 검강을 발출하고는 냅다 성곽 밖으로 몸을 날렸다.

"새끼들, 나중에 한 놈씩 죽여주겠다!"

성벽은 워낙 높기에 영주 급조차 추격에 나서지 못하고 이를 지켜봐야 했다.

무불악은 의천무경의 절기인 부풍답운표 신법을 전개해 수직 성벽을 평지처럼 밟고 뛰어내려 갔다.

그러나 성벽 아래에는 외성의 전사들 천여 명이 빽빽하게 운집해 있었다. 더 많은 숫자의 전사들이 계속해서 운집하고 있었다.

한데 이때였다.

퍼퍼펑—!

잇단 폭음이 터지며 성벽 아래 운집해 있던 전사들이 사방으로 흩어졌다. 백을천이 뛰어들며 건곤무극강기로 전사들을 날려 버린 것이다.

덕분에 무불악은 별다른 충돌 없이 성벽 아래로 내려설 수 있었다.

"백 형은 이 녀석을 맡으시오."

무불악은 등에 업고 있던 백일기를 백을천에게 넘겨주었다.

"그 녀석이 백씨 가문의 장손이니 반드시 지키시오."

"다른 인질들은 어찌 되었소?"

"내게 두 아이를 넘기고 자결했소. 나로서는 어쩔 수 없는 상황이었소."

무불악은 성벽을 타고 빠른 속도로 하강하는 흑백쌍절을 올려보고는 다급히 외쳤다.

"북서쪽으로 탈출하시오. 뒤는 내가 맡겠소! 어서!"

무불악이 워낙 재촉하는 바람에 백을천은 구출하지 못한 인질에 대해 달리 생각할 겨를조차 없었다.

"갑시다. 내가 길을 열겠소!"

백을천은 등에 업은 백일기를 단단히 동여매고는 두터운 포위망을 향해 달려갔다.

무불악은 백을천의 뒤를 따르며 검기를 발출해 전사들의 추격 의지를 꺾었다. 주변으로 전사들이 워낙 빽빽하게 포진해 있는 바람에 흑백쌍절의 운신이 자유롭지 못한 것이 무불악에게는 오히려 행운이었다.

한편 천향무후는 금성의 성곽 위에 서서 외성의 전투를 내려다보고 있었다.

"천향영주는 놈들이 누구인지 아느냐?"

"예, 무후. 앞서 길을 여는 자는 멸사신룡 백을천이고 흑백쌍절과 겨루며 도주하는 자는 무불악입니다."

"무불악! 놈이 바로 그 유명한 사해천악이로군. 본 국의 봉공 셋이 모두 놈 때문에 죽었다고 할 수 있다. 하기는 그런 놈이기에 흑백쌍절의 합공을 저지하며 도주할 수 있는 거겠지."

천향무후는 턱을 어루만지며 탐욕 어린 미소를 머금었다.

"아주 탐나는 놈이야. 만일 놈을 얻는다면 삼대천마의 손실을 상쇄하고도 남겠어."

백을천과 무불악은 점점 멀어져 이제는 폭음 소리만 들릴 뿐이었다.

자칫 황금문을 위협할 중대한 인질을 놓칠 상황이건만 천향무후는 별반 불안해하는 모습을 보이지 않았다. 인질을 구출해 가는 침입자들의 탈출을 그저 흥미롭게 지켜볼 뿐이었다.

냉소채가 의혹을 참지 못하고 물었다.

"무후, 놈들이 탈출에 성공한다면 본 국의 경영에 중대한 차질을 빚게 되지 않습니까?"

"본 국은 지난 십여 년간 막대한 자금을 축적해 왔다. 황금문의 지원이 끊긴다 해도 최소 일 년은 버틸 수 있다."

"일 년은… 결코 긴 시일이 아닙니다."

천향무후는 나른한 눈빛으로 밤하늘을 올려보았다.

"주상께서는 특별한 능력을 지니신 분이다. 천하 정복은 멀지 않았다. 싸움은 단 한 번으로 끝난다. 무림사 이래 전무후무한 전략이지."

쐐애액―!

간장검에서 뿜어지는 현란한 검기가 연이어 지표를 갈랐다. 한번 검기에 적중되면 병기든 호신갑이든 여지없이 동강나기에 천풍무국 전사들의 추격이 조금씩 와해되었다.

앞서 포위망을 뚫고 달려가던 백을천이 당혹스런 표정으로 무불악을 돌아보았다.

"길이 끊겼소!"

높은 성벽 대신에 벼랑을 따라 난간이 둘러져 있는데 도기로 쪼갠 듯 깎아지른 벼랑이었다. 얼마나 깊은 벼랑인지 시커먼 어둠에 가려져 있어 바닥을 측정하기 어려웠다.

무불악은 난간에 서서 벼랑을 내려다보고는 이맛살을 찌푸렸다.

"소채, 그 계집애가 우리를 죽이려고 작정을 했나 보군. 발 디딜 곳도 없는데 어떻게 내려가란 말이야?"

백을천이 아득한 벼랑을 살피며 물었다.

"냉 소저가 가르쳐 준 탈출로요?"

"그렇기는 한데 아무래도 속은 것 같소."

"만일 속일 마음이 있었다면 무 형은 금성에서 탈출하지도 못했을 것이오. 지금은 냉 소저를 믿는 수밖에 없소."

"정말 뛰어내릴 생각이오?"

백을천은 함성을 지르며 새까맣게 몰려드는 추격자들을 돌아보았다.

"달리 방법이 없지 않소? 어서 갑시다."

백을천은 등에 업은 백일기가 떨어지지 않도록 천을 단단히 조이고는 먼저 뛰어내렸다.

무불악은 정말 내키지 않았지만 백을천이 앞장서자 공연히 오기가 치밀었다.

'제기, 백을천에게 뒤질 수는 없잖아?'

그는 벼랑 밖으로 몸을 날리며 부공술을 전개했다.

천천히 하강하던 그의 몸이 점차 빨라지면서 종래에는 숨조차 제대로 쉬기 어려웠다. 이런 상태로 추락했다가는 뼈도 추리지 못한다.

다행히 벼랑 일부가 툭 튀어나온 곳이 있어 잠시 숨을 돌릴 수 있기에 수직으로 곤두박질치는 참사는 면할 수 있었다.

두 사람은 돌기를 발판 삼아 딛고 겨우 숨을 돌릴 수 있었다.

"역시 냉 소저가 우리를 속이지 않았소. 비록 천풍무국에 몸담고 있지만 선한 심성은 바뀌지 않은 게 확실하오."

"선하게 아니라 제 손으로 날 죽여야 했기에 탈출로를 일러준 것뿐이오. 그만큼 원한이 깊다고 봐야겠지."

"원한을 좋게 해소할 수는 없겠소?"

"싸우지 않으면 나야 좋지만 냉소채가 어디 그럴 계집이오? 죽어 귀신이 되어도 복수를 하기 위해 날 쫓아올 계집이니, 어느 한쪽이 죽어야만 해소될 수 있소."

"참으로 안타깝소."

백을천은 나직이 탄식하고는 다시 벼랑 아래로 몸을 날렸다.

수직 벼랑이 서서히 급경사로 바뀌면서 두 사람은 벼랑을 밟고 뛰면서 내려올 수 있었다. 마침내 바닥에 이르게 되자 두 사람은 비로소 안도의 한숨을 내쉬었다.

"우와, 살았다!"

"내성은 벗어난 것 같소. 외성은 워낙 넓은 관계로 경계는 다소 허술할 것이오."

"이제 구출 신호를 올려야 하는 것 아닐까?"

"지금 신호를 쏘아 올리면 수천에 달하는 전사들이 새까맣게 몰려들 것이오. 아직 안심할 단계가 아니니 어서 외성을 빠져나갑시다."

두 사람은 외성을 벗어나기 위해 족히 백 리를 달려야 했다. 도중에 천풍무국의 순찰 전사들과 여러 번 맞닥뜨렸지만 순찰 전사들의 무공으로는 두 사람을 저지할 수 없었다.

어느새 동녘이 밝아오고 있었다.

두 사람은 외성의 경계인 망루를 통과하면서 마침내 천풍무국을 빠져나올 수 있었다.

백을천은 허리춤에서 폭죽을 뽑아 하늘로 쏘았다.

퍼… 퍼펑……!

녹색 연기가 허공을 수놓았다.

외성 주변에 잠복해 있을 연락책들이 이를 보고 전서구를 날릴 것이기에, 황금문에 투입돼 있는 천풍무국의 첩자들을 솎아내는 이단계 작전이 전개될 것이다.

한데 폭죽으로 인해 그들의 위치가 발각되면서 천풍무국의 무사들 수백 명이 구릉 너머에서 달려왔다.

"놈들이 저기 있다!"

"도주로를 봉쇄해라!"

천풍무국 전사들이 쏘아 올린 폭죽이 새벽하늘을 진동시켰다.

"새끼들, 정말 끈질기군."

지난밤부터 줄곧 싸움을 벌여왔기에 이제는 검을 뽑아 휘두르는 것조차 지겨웠다.

백을천이 완만한 능성 쪽으로 방향을 잡았다.

"이리로 갑시다. 지난번 이쪽 방향으로 잠입한 기억이 있는데 숲이 무성해 천풍무국의 추격을 따돌릴 수 있을 것이오."

"조무래기들밖에 없는데 죄다 죽여 버릴까?"

"꼭 필요하지 않으면 가급적 살상은 피합시다."

"지난밤 내내 천풍무국의 전사들을 죽여놓고 이제 와서 왜 부처님 같은 소리를 하는 거요?"

"솔직히 피를 보는 일은 괴롭소."

"확실히 나와 체질이 다르군. 난 단지 피가 역겨울 뿐인데."

구릉 너머로 하늘을 찌를 듯 치솟은 삼나무 숲이 펼쳐져 있었다. 한데 무불악이 백을천을 멈춰 세웠다.

"잠깐, 예리한 기운이 느껴지는군. 아무래도 매복이 펼쳐져 있는 것 같소."

"아니, 어떻게 이곳까지……?"

백을천은 미심쩍은 눈빛으로 주변을 쓸어 보았다.

이때 한 무리의 검수들이 은신의를 벗어 던지고 모습을 드러냈다.

"백 형님, 나요!"

검수들을 이끌고 나선 청년은 다부진 체격의 소유자로 부리부리한 호안을 지니고 있었다.

청년을 본 백을천이 크게 안도했다.

"호검, 자네가 어떻게 여기를?"

"하하, 형님 혼자 공을 독차지하셔야 되겠소? 우리 독보검궁도 이번 인질 구출 작전에 약간의 공이라도 세우기 위해 나선 것이오. 형님이 쏘아 올린 폭죽을 보고 전서구를 띄웠으니, 형님이 황금문에 당도할 즈음이면 이미 천풍무국 첩자 놈들은 모두 제압된 후일 것이오."

청년은 다름 아닌 독보검궁의 이공자인 맹산호검 악침이었다. 그는 무불악을 힐끗 보고는 외면했다.

상대가 누구인지 알고 있지만 무불악에 대한 감정이 좋지 않아 아예 무시한 것이다.

악침은 검수들을 향해 지시를 내렸다.

"천풍무국 추격자들을 무조건 죽여라!"

"예, 이공자!"

횡으로 포진한 검수들은 앞서 뛰어드는 천풍무국 전사들을 가차없이 베어버렸다.

악침은 두 사람이 안고 있는 아이들을 훑어보고는 떨떠름한 표정을 지어다.

"구출한 인질은 둘뿐이오?"

"그렇게 됐네."

"추격자들은 본 궁에서 저지할 테니 어서 가시오."

"고맙네. 끝까지 맞설 필요 없으니 곧바로 퇴각하게."

"알겠소."

악침은 한바탕 싸움이 벌어지고 있는 숲 언저리로 달려갔다.

무불악은 가슴에 안고 있던 백명기를 등에 업고는 단단히 동여맸다.

"쬐그만 녀석이 왜 이렇게 무거워?"

백을천이 잠시 주저하다가 어렵사리 물었다.

"무 형, 남겨진 인질들이 정말 자결한 것이오?"

"그렇소. 모두가 구출되기가 어렵다고 판단했는지 아이 둘만 내게 부탁했소. 백 문주의 두 아들은 더는 치욕적인 삶을 살 수 없다며 자결을 선택했소."

"그들 스스로 말이오?"

"물론이지. 가만, 지금 나를 의심하는 눈치잖아?"

무불악의 표정이 험악하게 변했다.

"설마 내가 백만복 문주의 혈족들을 죽였다고 생각하는 거요?"

"아, 아니오. 다만 그들 모두를 구하지 못한 것이 안타까워 알고 싶었을 뿐이오."

"홍, 얼굴을 보니 그게 아니라고 쓰여 있어!"

무불악은 홱 돌아서며 차갑게 내뱉었다.

“백을천, 넌 나를 의심하고 졸로 봤다. 넌 더 이상 내 친구
가 아니다.”

2

황금문은 이미 한운지에 의해 깔끔하게 정리되었다.

한운지는 독보신검을 치료할 약을 구한다는 명분으로 백
만복을 만나 첩자 목록을 넘겨받았다. 얼마 지나지 않아 손정
휴와 금검수, 은검수들이 들이닥쳤다.

손정휴는 인질이 구출되었다는 전서 통문을 받은 상태였
기에 한운지와 상의해 즉시 천풍무국의 첩자들 색출에 나섰
다.

황금삼상을 비롯해 십이대상 중 네 명이 천풍무국의 지시
를 받아 상주해 있던 자들이었다. 그들과 동조한 자들까지 모
두 합쳐 칠십여 명이 체포되었다.

일부가 반발했지만 한운지의 절세적 무공을 감당할 자는
없었다. 게다가 손정휴가 이끄는 독보검궁 최정예 검수들이
투입되었기에 몇 명이 다치는 정도에서 첩자 색출은 마무리
되었다.

황금문 제자들은 비로소 그동안 문주가 협박을 받고 있었
음을 알게 되었고, 그 배후자가 천풍무국이라는 사실에 모두
가 분개했다.

실로 오랜만에 금제에서 벗어난 백만복은 감격의 눈물을 흘리며 한운지와 손정휴에게 정중히 사례했다.

"아들과 손자 녀석들이 무사히 귀환하면 황금문을 정리할 생각이오. 나는 자그마한 장원에서 식솔들과 함께 여생을 보내는 것이 소원이오. 본 문의 재물이 사악한 무리들을 제압하는데 유용하게 사용되기를 바라겠소."

황금문의 어마어마한 재물을 모두 포기하겠다는 약조를 지키기 위함이지만 사실 어지간한 사람이라면 엄두도 못 낼 결단이었다.

한운지가 간곡하게 만류했다.

"문주, 황금문이 갑자기 문을 닫게 되면 천하의 상거래가 마비됩니다. 그럴 경우 가장 피해를 보는 사람들은 가진 것 없는 민초들입니다. 자칫 식량 운송에 차질을 빚어 수만 명이 굶어 죽을 수 있습니다. 또한 황금문의 엄청난 재물은 오로지 백 문주만 관리하실 수 있습니다. 말씀 거둬주세요."

"그랬다가는 사해천악이 내가 탐욕 때문에 황금문을 계속 운영하려는 줄 알고 가만두지 않을 것이오. 솔직히 사해천악은 대면하기가 정말 두려운 사람이오."

"황금문의 모든 재물을 세상 사람들을 위해 희사하겠다고 천명하시면 무 공자도 더는 문제 삼지 않을 겁니다."

"그래도……."

"문주의 안전은 소녀가 책임지겠습니다. 다행히 무 공자는 재물을 탐하지 않는 성격이라 엄청난 보상금을 요구하지 않을 겁니다."

한운지의 설득에 백만복은 잠시 고민하다가 생각을 바꿨다.

"그럼 흉악한 천풍무국이 와해될 때까지만 황금문을 이끌겠소. 연후 능력있는 거상들에게 상단별로 매각하겠소. 그리된다면 갑자기 상거래가 마비되는 소란은 없을 것이오. 매각 대금으로는 양곡과 의복을 구입해 빈민들에게 베풀겠소. 이러면 되겠소?"

한운지는 밝은 미소를 띠며 손정휴를 돌아보았다.

"대공자, 괜찮겠지요?"

"물론이오. 본 궁은 오로지 의로써 황금문을 지원했을 뿐 대가를 바라는 소인배 집단이 아니오. 황금문이 안정을 찾았으니 곧 철수하겠소."

"멸사신룡과 무 공자가 오래지 않아 당도할 겁니다. 흔치 않은 기회이니 잠시 자리를 같이 해요. 백 문주께서 좋은 술 한 단지는 제공해 주시겠지요."

백만복이 기분 좋은 너털웃음을 터뜨렸다.

"허허! 그러시구려, 대공자. 이 늙은이의 혈육 상봉을 곁에서 축하해 주시오."

손정휴는 무불악에 대한 감정이 별로 좋지 않았지만 그래도 제 발로 독보검궁을 찾아왔음을 상기해 한운지의 요청을 받아들였다.

"알겠소. 내가 그냥 떠나면 멸사신룡이 섭섭해할 수 있으
니 얼굴이나 보고 가겠소."

이때 퉁퉁한 체구의 총관이 들어서며 급히 보고를 올렸다.

"문주님, 두 분 소공자님께서 잠시 전 정문을 통과하셨다
는 보고입니다!"

"오, 그러하냐?"

백만복은 흥분과 감격으로 붉게 상기돼 자리에서 일어섰
다.

"이럴 때가 아니다. 마중을 나가야겠으니 어서 채비를 갖
춰라."

"예, 문주님."

총관은 백만복을 수행해 전각을 나섰다.

한운지는 손정휴와 함께 백만복의 뒤를 따랐다.

다각다각……!

지붕이 없는 한 대의 마차가 중앙 정원으로 들어섰다. 두
소년은 뒤에 타고 있어 어자석에서 말을 모는 사람은 백을천
혼자였다.

마중 나온 백만복을 본 백을천이 마차를 세우자 두 소년이
마차에서 뛰어내렸다.

"할아버님!"

"흑, 할아버님!"

두 소년은 한달음에 달려가 백만복을 포옹하고 감격의 해후를 나누었다.

백만복은 눈에 넣어도 아프지 않은 두 손자를 연신 보듬으며 눈물을 흘렸다.

"일기야, 명기야! 너희를 다시 보게 되다니 이제 할아비는 여한이 없다. 크으, 못난 할아비 때문에 얼마나 고초가 심했느냐?"

주변으로 몰려든 황금문의 대상들과 제자들도 눈물을 흘리며 문주와 손자들이 극적인 상봉을 축하해 주었다.

백을천에게 다가선 한운지가 의아한 표정으로 물었다.

"소성주, 무 공자는 왜 함께 오지 않았어요?"

백을천의 표정에 어두운 기색이 역력했다.

"내가 그만 실언을 하고 말았소. 황금문 관할구역에 당도하자 구해온 아이를 내게 맡기고는 그냥 가버렸소."

"그게 무슨 말이에요? 무슨 실언을 했기에……."

"사실 두 아이를 구한 것도 모두 무 형의 공이었소. 무 형이 직접 금성까지 뛰어들어 두 아이를 데려왔을 뿐, 나는 제대로 지원도 못했소."

"다른 인질들은 어떻게 됐죠?"

"무 형의 말에 의하면 백 문주의 두 아들은 두 아이만 넘기고 다른 아이와 함께 자결했다고 했소. 모두가 함께 탈출하기가 불가능해 스스로 목숨을 끊었다고 하였소. 한데 내가 큰 실수를 한 것이오. 소생은 그것이 사실이냐고 캐물었는데 돌이켜 생각해 보니 정말 큰 실수였소. 어렵사리 인질을 구출해 온 무 형을… 의심했으니 말이오."

손정휴가 백을천의 어깨를 다독이며 위로해 주었다.

"마음 쓰지 말게나, 을천. 당시 상황을 모르는 자네로서 물어보는 것이 당연하지 않은가?"

한운지는 누구보다 무불악에 대해 잘 알기에 심각한 상황임을 직감했다.

"큰일이로군요. 무 공자가 인질 구출에 나선 것은 진정 대의를 위해서였는데, 자칫 자신이 인질을 구출하기 싫어 그들을 죽인 것처럼 오해를 사게 되었으니 자존심이 크게 상했을 겁니다."

손정휴가 냉랭하게 응수했다.

"사해천악이라면 충분히 그럴 수 있는 사람이오."

"대공자, 말씀 삼가세요!"

한운지가 정색하며 목소리를 높이자 손정휴는 물론이고 백을천조차 당황스러웠다. 어떤 상황에서도 정중하고 차분한 그녀가 이렇듯 감정을 드러낸 모습은 처음 보았던 것이다.

한운지는 자신의 무례한 언사를 깨닫고는 얼른 사과했다.

"용서하세요, 대공자. 소녀가 잠시 격했습니다."

"아니오. 내가 말이 조금 지나쳤소."

“소녀도 이만 가보겠습니다.”

한운지는 백을천에게 무불악과 헤어진 방향에 대해 묻고는 곧바로 몸을 날렸다.

손정휴는 어이가 없는 듯 고개를 흔들었다.

“을천, 한 소저가 대체 사해천악과 어떤 사이인가? 설마 당대 최고의 협녀가 그 잔혹한 악당을 연모하는 것은 아니겠지?”

백을천은 침울한 모습으로 돌아섰다.

“사람이 서로를 좋아하는데 자격과 신분이 무슨 장애가 되겠는가? 연모에는 선악이 없네.”

3

기분이 몹시 더러웠다.

무불악은 손에 술병을 쥐고 마셔대며 터벅터벅 걸음을 옮기고 있었다. 술기운 때문인지 입에서 절로 마른 웃음이 흘러나왔다.

“크훗, 역시 사람은 생긴 대로 살아야 돼. 무불악, 이 멍청한 자식아. 네 이름은 무불선이 아니라 무불악이다. 그런 놈이 왜 갑자기 의협심을 발휘해 인질 따위를 구출해? 너 원래 그런 놈은 아니었잖아?”

술병이 바닥나자 그는 길가 도랑에 내던졌다.

"염병, 왜 그런 계집을 만나서 고생을 사서하는 거야?"

그는 아랫도리를 내리고 도랑에 오줌을 싸댔다.

사람들의 왕래가 많은 대로이기에 파락호들도 백주 대낮에는 이런 추잡한 짓거리는 하지 않는다.

무불악은 수군거리며 지나가는 여인네들을 돌아보았다.

"암컷들, 죄다 도랑에 처박히고 싶으냐?"

하류 잡배와 같은 짓거리와 말투였다.

무불악은 바지춤을 끌어 올리고 허리띠를 묶었다.

"젠장, 옛날처럼 아무 계집이나 붙잡아 품어볼까?"

약간의 취기가 있었지만 몸을 못 가눌 정도는 아니었다. 하지만 그는 마치 대취한 주정뱅이처럼 비틀거리면서 대로를 활보했다. 여기저기서 사람들의 비난과 손가락질이 날아들었다.

"크훗, 맞아. 나는 이런 소리를 들어야 돼. 수틀리면 아무 놈이나 붙잡아 두들겨 패줄 수 있으니 말이야."

세상 사람들의 존경 어린 환호와 찬사는 그에게 있어 굴레였다.

화운군주를 구출한 일이야 활천편작 때문이라고 쳐도 오대천마 중 두 마왕을 참살한 그의 활약은 스스로 생각해도 대단한 공적이었다. 그래서 그도 잠시 우쭐한 마음을 품게 되었다.

하지만 그는 본래 의협이 아니었고 의협이 될 마음은 추호도 없었다. 어쩌다 한운지를 만나 엮이게 되면서 그의 삶이 전혀 의도하지 않은 방향으로 바뀌게 되었다.

백을천은 무심코 물었겠지만 무불악은 비로소 자신이 본래 백로가 아니라 까마귀였음을 새삼 깨닫게 되었다.

"그래 내가 잠시 정신이 나갔던 거야. 계집은 그저 잠자리 상대로만 만나야 했는데 말이야."

이때 그윽한 체취가 코끝을 자극하면서 누군가 그의 손을 쥐었다.

"무 공자, 왜 먼저 가셨어요?"

한운지였다. 그녀는 무불악의 손을 쥔 채 둥실 떠올랐다.

"야, 이거 놓지 못해?"

무불악이 손을 뿌리치려 하자 한운지는 아예 무불악을 감싸 안고는 경공술을 전개해 교외로 날아갔다.

야산 중턱에 내려선 한운지는 보석처럼 환한 미소를 띠었다.

"무 공자, 또 한 번 엄청난 공을 세웠습니다. 두 마왕을 죽이고 화운군주와 황금문 인질들을 구출했으니 당세에서 공자보다 더 뛰어난 영웅은 없습니다."

"닥쳐! 너 때문에 내가 이렇게 바뀌었어!"

"지금의 이런 모습이… 아름답지 않으세요?"

"아름답다고?"

"그래요. 소녀는 정말 감동했습니다. 소녀 대신 천풍무국으로 뛰어들어 인질들을 구해준 공자의 높은 인품에 진심으로 감격했습니다."

"좋아. 내가 그렇게 존경스럽다면 네 몸을 바쳐라."

무불악은 한운지를 와락 끌어안고는 풀밭에 눕혔다.

"어디 네가 나한테 짓밟히고도 존경할 수 있는지 보겠다."

무불악은 한운지의 앞자락을 헤치고 젖가슴 가리개를 우악스럽게 뜯어냈다.

한운지는 옷이 찢겨 나가는 데도 전혀 반항하지 않았다. 마치 체념한 듯 눈을 질끈 감은 채 그의 손에 자신을 맡겼다.

"제기, 이것도 가슴이라고."

무불악은 한운지의 빈약한 젖가슴을 희롱하고는 바지춤 속으로 손을 넣었다. 한운지는 부르르 몸을 떨었지만 끝내 그의 손을 밀치지 않았다.

무불악은 한운지의 바지를 끌어내리려다 말고 풀밭 위에 벌렁 누웠다.

"젠장, 재미 더럽게 없네. 뭐 반항을 해야 짓밟는 맛이라도 있는데 영락없는 매음굴 계집이야."

한운지는 급히 옷을 추스르고는 무불악과 약간 떨어져 앉았다.

무불악은 풀을 한 포기 뽑아 질겅질겅 씹었다.

"이제 우리 그만 만나자. 생각해 보니 내가 너와 함께 다녀야 할 하등의 이유가 없어. 까마귀와 백로는 역시 함께 있어서는 안 돼. 그게 세상의 순리이지."

"무 공자께서는 더 이상 사해천악이 아닙니다. 세상을 진동시킬 업적을 세운 영웅이니 굳이 자신을 비하하지 마십시오."

"한운지, 난 평생 오직 두 번만 따뜻함을 느껴보았다. 내가 어렸을 적 구걸을 나섰다가 얼어 죽을 뻔했는데 어떤 마음씨 좋은 아주머니가 아궁이 옆으로 데려다주고 따뜻한 탕을 한 그릇 주었지. 정말이지 내 평생 그토록 따뜻하고 맛있는 탕은 처음이었다."

"……."

"두 번째는 화훼문에서 짐승처럼 우리에 갇혀 있는 나를 구해준 한 여인에게 받은 고마움이었다. 그래서 내가 잠시 혹해 내가 누구인지도 모르고 이상한 길로 빠져 버렸지."

한운지가 얼른 변론해 주었다.

"아닙니다, 무 공자. 그동안 무 공자는 제대로 걸어오신 겁니다. 무 공자가 놀라운 공을 세울 때마다 소녀는 얼마나 기뻤는지 모릅니다."

"바보, 그게 바로 잘못된 거란 얘기야."

무불악은 몸을 일으켜 앉았다.

"사람은 누구나 각자 사는 방식이 달라. 네 의식과 잣대에 나를 맞추려 하지 마라."

"공자, 백을천 소성주도 자신의 실언을 크게 후회하고 계십니다.”

“아니야. 백을천을 절대 탓하지 않는다. 나를 제대로 깨우쳐 주었으니 오히려 고맙다고 해야겠지. 사실 나 같은 놈이 마왕들을 연속으로 죽였으니 세상 사람들 눈에 얼마나 고깝게 보였겠냐? 우내삼기에게 부상을 입히고 의천오절의 유해를 훼손한 악당을 죽일 구실이 점점 없어지니 말이다.”

“공자⋯⋯.”

“내 말 마저 들어. 난 세상의 명성 따위는 관심없지만 받은 은혜에 대해서는 확실히 보답한다. 오대천마 중 둘은 내 손으로 죽였고 다른 한 명도 내 덕분에 죽일 수 있었으니, 이 정도면 네가 의천무경을 전수해 준 보답은 확실히 한 셈이다. 다른 두 명의 마왕은 네가 재주껏 죽여.”

한운지가 눈물을 글썽이며 다가앉았다.

“공자, 황금문의 인질들을 구한 놀라운 공적까지 세웠는데 왜 이러시는 거예요? 소성주는 단지 실언을 했을 뿐입니다. 절대 오해하지 마세요.”

“실언이 아니다. 내가 사실을 말해줄까? 나는 다섯 인질들을 모두 구할 마음도 없었고 구하고 싶지도 않았어. 하지만 이왕 나섰으니 그들 모두를 구하려고 조금은 노력을 했었어야 했다. 사실 그게 네가 말하는 도리라는 거지. 한데 나는 골골영감의 두 아들에게 저승사자처럼 통보했다. 한 놈밖에 못 데리고 간다. 애들이라면 두 명까지만 가능하다. 누가 남을 거냐?"

"공자, 그만… 하세요. 흑, 공자가 그럴 분이 아니라는 것을 소녀도 잘 압니다. 그러니……."

무불악은 하늘가로 시선을 돌리며 얘기를 계속했다.

"남는 자는 죽어야 한다는 것을 그들도 잘 알고 있었지. 결국 두 아들은 각기 자신들의 혈육을 내게 맡겼다. 한 녀석은 재수없게도 둘째라는 이유만으로 버림을 받아야 했다. 한데 생각해 보니 인질 세 명이 남아 있으면 두 꼬마를 구출한 이유가 없겠더라고. 그래서는 안 되겠다 싶어 내가 세 명을 죽이려……."

"그만! 그럴 리가 없어요! 공자는 그런 만행을 저지를 분이 아니세요!"

한운지는 차마 들을 수가 없어 귀를 틀어막으며 괴로워했다.

무불악은 한운지의 어깨에 팔을 둘렀다.

"운지, 그래서 내 말을 마저 들으라고 했잖아? 내가 죽이려고 했는데 그들이 스스로 알고 자결을 하더라고. 그래서 두 꼬마만 데리고 나왔다. 그게 사실이지만 아마 천풍무국 놈들은 세상의 비난을 피하기 위해 내가 인질들 셋을 죽이고 둘만 구출했다고 공표할 것이다."

"소녀는 공자를 믿습니다. 소녀가 앞장서서 해명하겠어요."

"쓸데없는 짓이야. 만약 입장이 바뀌어 백을천이 두 명만 구출했다면 세상 사람들은 백만복의 혈족을 두 명씩이나 구출해 왔다며 찬사를 아끼지 않았을 거다. 천풍무국에서 인질 셋을 백을천이 죽였다고 공표해도 누가 감히 백을천을 의심하겠어? 오히려 백을천에 대한 음해라며 천풍무국을 성토하겠지. 이게 바로 세상이다."

"공자……."

한운지는 무불악의 가슴에 얼굴을 묻으며 뜨거운 눈물을 뿌렸다.

무불악은 한운지의 어깨를 다정하게 다독여 주었다.

"운지, 그래도 너를 만나 잠시나마 즐거웠다. 너를 품지 못한 것이 조금 아쉽기는 하지만."

말을 마친 무불악은 매몰차게 한운지를 밀쳐 내고는 벌떡 일어섰다.

"잘 있어라."

한운지가 급히 그를 막아섰다.

"안 됩니다. 이렇게 가실 수는 없어요. 황금문 사람들이 어떻게 생각하든, 천풍무국에서 공자를 음해하든 소녀가 공자를 지켜 드리겠어요. 소녀는 공자와 함께 있고 싶습니다."

무불악은 싸늘한 조소를 머금었다.

"한운지, 네가 내게 느끼는 감정은 연모가 아니라 연민이나 동정이야. 아니면 나 같은 놈을 개화시켜 보겠다는 네 알

량한 자부심일 수도 있겠지."

"아닙니다. 소녀는 공자를 진심으로……."

"됐어. 네가 어디 사내를 사랑할 계집이냐? 연정에 빠지지 않겠다며 제 얼굴에 칼자국을 낸 독한 계집이 이제 와서 사랑 타령을 하겠다고?"

폐부를 찌르는 모진 언사에 한운지는 도저히 넘을 수 없는 벽을 실감했다.

"그래요. 소녀는 사랑도 할 수 없는 계집입니다. 대신… 마지막으로 한 가지만 부탁드릴 게 있습니다."

"뭔데?"

"독보신검 궁주께서 무 공자와의 면담을 원하세요."

"그 꼬장꼬장한 영감이 왜?"

"아마도 검에 대해 공자와 논의할 것이 있는 것 같습니다. 비록 검마와의 대결에서 패했지만 당금 천하에서 검마와 맞설 검객은 독보검궁주가 유일합니다."

"검에 대해 논하겠다고……?"

무불악은 두 손가락이 잘려져 나간 자신의 왼손을 힐끗 보았다.

독보신검이 자신을 만나려는 이유를 충분히 짐작할 수 있었다. 검마의 절대마검을 격파하기 위해서는 자신이나 독보신검이나 신중한 교류가 필요했다.

하지만 검마와의 대결은 복수가 끝난 이후로 미루고 싶었

다. 다시 또 검마와 대결한다면 살아남을 가능성이 거의 없기
때문이다.

"독보신검과의 대면은 생각해 보겠다."

무불악은 거칠게 한운지를 밀어냈다.

"비켜."

비탈을 내려간 무불악은 훌쩍 몸을 날려 능선 너머로 사라
졌다.

한운지는 비 맞은 배꽃처럼 흠뻑 눈물에 젖어 무불악이 사
라진 방향을 바라보고 있었다.

무불악이 지적한 대로 그녀는 강호 정의를 위해 연정을 포
기한 여인이었다. 무불악에 대한 감정도 연모보다는 개화를
위한 의도적인 동행에 가까웠다.

진정성이 없다.

한운지가 무불악을 쫓아가지 못한 결정적인 이유가 바로
그것이었다.

또한 개인적인 감정에 관계없이 강호의 악과 맞서 싸울 절
세고수들을 잃었다는 것은 백도로서도 엄청난 손실이었다.
무불악을 구출한 이후 악중협으로 만들기 위해 성심을 다해
온 한운지는 깊은 상심과 실의에 빠졌다.

"아, 내가 왜 상처를 만들어냈을까?"

한운지는 손끝으로 자신의 볼에 새겨진 선명한 상흔을 매
만졌다.

그녀가 마음을 바꾸어 무불악을 진심으로 사랑한다고 해도 무불악은 절대 믿지 않을 것이다. 그녀가 스스로를 위해 새긴 상흔이 이제는 누군가를 영원히 사랑할 수 없는 아픔이 된 것이다.

한운지는 울적함에 젖어 산을 내려갔다.

이때 수림을 돌아 두 사람이 달려왔다.

"한 소저!"

한운지 앞에 이른 사람은 백을천과 단정한 용모의 여인이었다.

"무 형을 만난 거요? 어디로 갔소? 소생이 직접 만나 사과하겠소. 오해를 꼭 해소하고 싶소."

"소성주가 아무런 잘못도 하지 않았는데 무슨 사과를 한다는 말씀이세요? 무 공자 역시 소성주에게는 아무런 감정도 없다고 했습니다. 그는… 자신의 길을 찾아간 겁니다."

한운지는 백을천과 함께 온 여인에게로 시선을 돌렸다.

"이분 소저께서는……."

여인이 먼저 공손히 예를 올렸다.

"한 여협, 저는 화운군주님의 호위장으로 있는 양설군이라 합니다."

"아, 그러시군요."

"금번에 남양왕부에서 망극할 상을 당했습니다."

"소녀도 얘기는 들었어요. 군주님의 상심이 크셨을 겁니다."

“군주님께서는 한 여협의 조문을 간곡히 원하십니다.”

“……?”

한운지는 화운군주가 단지 부고를 알리기 위해 양설군을 보낸 것이 아님을 직감했다.

자신과 같은 평민은 황족의 빈소에 들 수도 없는 게 법도였다. 한데도 화운군주가 사람까지 보내 자신을 청했다는 것은 성혜왕후의 죽음이 세상에 알려진 것처럼 단순한 병사가 아닐 수 있음을 시사했다.

“알겠어요. 잠시만 계세요.”

한운지는 백을천과 함께 한쪽으로 이동했다.

“무 공자가 심경에 커다란 변화를 일으켰어요. 자칫 의천오절의 유해를 훼손한 것처럼 냉혹한 악행을 저지를 수도 있습니다.”

“왜 그렇게 변한 거요?”

“그는 불우한 어린 시절을 살아왔고 악에 의해 키워진 사람입니다. 그동안 의천무경의 광명구양신공을 수련하면서 정의로운 협사로 변모했다고 생각했는데 소녀의 생각이 짧았습니다. 그는 생각보다 훨씬 냉혹한 심성의 소유자였습니다. 그에게 의천무경을 수련케 해서 개화시키려 했던 소녀의 의도가 중대한 판단 착오일 수 있습니다.”

한운지의 얼굴에 짙은 그늘이 드리어졌다.

“만일 그가 마성(魔性)까지 지니고 있다면… 오대천마보다 훨씬 무서운 마왕으로 변모할 수 있습니다."

백을천이 부드러운 어조로 그녀를 위로해 주었다.

"그렇지는 않을 거요. 무 형이 비록 악에 의해 키워졌다 해도 심성마저 사악한 사람은 아니오. 한 소저와 소생이 꾸준히 만나 설득하면 당대의 영웅으로 존경받을 수 있소."

"두려워요……. 그를 다시 만나기가 너무 두렵습니다."

"내가 만나겠소. 흑백을 떠나 나는 무 형을 여전히 친구로 생각하고 있소."

한운지는 서글픈 미소를 지었다.

"그래요. 계집인 저보다는 소성주가 만나 설득하는 편이 훨씬 낫겠군요."

"설득한다는 말은 당치 않소. 소생은 그저 무 형과 변치 않은 우정을 유지하고 싶을 뿐이오."

"맞습니다. 그것이 사람 사이를 이어주는 진심이지요. 소녀는 그 점에서 부족했습니다. 그저 편협된 생각으로 그를 개화시킬 생각만 한 것입니다."

"무 형 문제는 소생에게 맡겨주시오. 결코 실망시켜 드리지 않겠소."

한운지는 비로소 안도하며 정중히 예를 표했다.

"소성주만 믿겠어요. 두 분은 좋은 친구가 될 수 있을 겁니다. 이만 가볼 게요."

백을천에게 작별을 고한 한운지는 양설란과 함께 몸을 날렸다.

　백을천은 한운지가 시야에서 완전히 사라질 때까지 지켜보다가 몸을 돌렸다.

　"무불악, 제발 한 소저에게 아픔을 주지 말아다오. 기꺼이 너와 사내 대 사내로서 담판을 짓겠다."

第三十五章
의혹의 연속

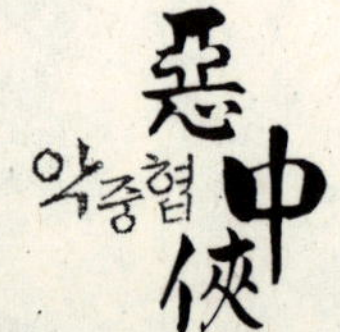

1

뚝딱뚝딱……!

천해문 총단은 지난번 무너진 누각을 세우느라 목재와 석재를 날라대고 있었다.

천해문 무사들은 모두 가슴에 상장(喪章)을 달아 일전에 무불악에 의해 피살된 동료들의 죽음을 애도했다. 지금 그들이 다시 세우는 누각도 무불악에 의해 파괴된 것이었다.

이때 망루에서 요란한 경종 소리가 울려 퍼졌다.

땡땡땡……!

천해문 무사들은 상담을 받기 위해 찾아온 고객들을 급히 내보내고 제각기 무장한 채 정문으로 집결했다.

천해문은 총단에만 일천에 가까운 무사들을 두고 있을 만큼 거대한 집단이다. 비록 높은 무공을 지닌 무사들이 많지 않다고 해도 비장한 결의를 품고 운집한 일천 명의 위용은 단순한 오합지졸이 아니었다.

망루 사이를 지나 총단 진입로로 들어서고 있는 사람은 다름 아닌 무불악이었다.

그는 천해문 총단을 수차례 찾아왔고 두 번에 걸쳐 파괴와 살육을 일삼았기에 천해문 무사들은 모두 그를 똑똑히 알고 있었다. 특히 지난번에는 십여 명을 무참하게 살해했기에 모두가 원한을 품고 있었다.

무불악은 정문 앞에 빼꼭하게 운집해 있는 천해문 무사들을 쓸어 보고는 건조하게 내뱉었다.

"새끼들, 그 눈빛들은 뭐냐? 날 잡아먹기라도 하겠다는 눈치로군. 무슨 자랑이라고 가슴에 상장은 달고 있어?"

무불악은 천해문 무사들을 무시한 채 정문을 향해 성큼성큼 다가섰다.

무불악의 심경이 바뀌면서 몸에서 풍기는 기도도 달라졌다. 섬뜩한 살기에 천해문 무사들은 본능적인 공포를 느꼈지만 이번에는 작심을 한 듯 비켜설 행동을 취하지 않았다.

무불악 역시 조금도 걸음을 늦추지 않았다.

이대로 충돌한다면 한바탕 피바람이 일어날 일촉즉발의 상황이었다.

이때 정문 안쪽에서 무거운 외침이 터져 나왔다.

"물러들 서라!"

비로소 천해문 무사들이 좌우로 갈라섰다.

천해문 집사들을 대동해 정문을 나서고 있는 사람은 왜소한 체구에 비해 유난히 머리가 큰 노인이었다. 노인은 특히 남들보다 두 배는 훨씬 큰 귀를 지니고 있었다.

바로 천해문의 총사 천이만사통 나단이었다.

무불악은 나단과 마주 서며 싸늘한 조소를 흘렸다.

"이제야 모습을 드러냈군, 나 총사. 천해문에서 제공해 준 정보 덕분에 황금문을 찾아가 해독단을 구할 수 있었으니 약조대로 나 총사의 목숨을 반년 더 살려주겠소. 하지만 당시를 기점으로 계산하면 사망 유예 기간은 넉 달이 조금 넘겠군."

"노부는 살 만큼 산 목숨일세. 자네의 그 엄포는 노부에게 별반 위협적이지 않네."

"그렇다면 왜 그동안 대가리를 숨긴 것이오?"

"누구에게나 다 고충이 있는 법일세. 한데……."

무불악을 훑어본 나단의 눈빛이 무거워졌다.

"자네의 기도가 바뀌었군. 예전에는 그래도 조금이나마 광명이 느껴졌는데 지금은 너무 칙칙해."

"확실히 보는 눈은 있군. 들어갑시다."

무불악은 마치 자신이 주인인 양 앞서 대문을 넘어섰다.

나단은 주변의 집사들에게 넌지시 지시를 내렸다.

"오늘 업무는 종료해라. 보수 작업은 계속해도 좋다."

나단의 집무실은 거적으로 지붕을 씌운 움막이었다. 벽은 짚단으로 둘렀기에 세찬 비바람이라도 몰아치면 폭삭 주저앉을 것 같았다.

무불악은 초라하기 짝이 없는 집무실을 보고는 감정을 다소 누그러뜨렸다.

"큭, 황금문의 황금 궁전에 비교하면 정말 궁색하군. 놈들은 귀족 집단이고 이곳은 비렁뱅이 집단이야."

무불악은 툴툴 마른 웃음을 흘리고는 안으로 들어섰다.

예전의 총사 집무실도 궁색해 보였지만 움막 집무실은 더욱 심했다. 의자는 등받이도 없는 통나무였고 탁자는 마감질도 돼 있지 않았다.

무불악은 초라한 집무실을 쓸어 보았다.

"나 총사, 이렇게 자신 앞가림도 못하는 천해문인데 과연 누가 찾아와서 고민을 해결하려 하겠소?"

"그동안 자네가 수차례 찾아와 행패를 부리는 바람에 고객들이 두려움을 느껴 발길을 돌렸네. 수입이 절반으로 줄었으니 모두가 허리띠를 졸라매는 수밖에."

"후훗, 날 두려워한다면서도 할 말은 다 한다니까. 참, 그 못생긴 계집은 왜 보이지 않소?"

나단은 투박한 찻잔에 차를 내왔다.

“말 삼가게나. 명색이 본 문의 임시 문주인 신분일세.”

“내가 군왕의 딸도 무시하는 사람인데 천해문 임시 문주라고 존중하겠소?”

차를 한 모금 마신 무불악은 잔뜩 인상을 쓰며 뱉어냈다.

“푸하, 나무껍질을 삶아도 이보다는 낫겠다!”

나단은 느긋하게 차를 음미하고는 물었다.

“이번에는 또 무슨 일로 찾아온 것인가?”

“정식으로 한 가지 의뢰를 하러 왔소.”

“은사호리의 행방을 알아내라는 의뢰라면 곧바로 알려줄 수 있네. 물론 적당한 보수는 지급해야겠지.”

“내가 왜 은사호리를 찾는다고 짐작한 거요?”

“화혈독비로 천기무화를 찌른 흉수가 은사호리임을 이미 파악했네.”

“역시 천해문답게 정보력은 죽이는군. 하지만 이번에는 잘못짚었소. 내가 굳이 은사호리를 찾아가 죽일 이유가 없소.”

“이유가 없다…….”

나단은 잠시 무불악을 주시하다가 고개를 저었다.

“이해가 되지 않는군. 자네가 천기무화를 살리기 위해 성심을 다했다는 사실은 천하인 모두가 인정하고 있네. 그런 자네의 다음 행보가 무엇이겠는가? 당연히 은사호리를 찾아내 죽이는 것이겠지. 한데 은사호리를 찾아가 죽이지 않겠다는 자네의 답변이 납득되지 않는군.”

"내가 천기무화를 위해 보복을 해줄 이유가 없는데 무엇이 납득되지 않는단 말이오? 그동안 천기무화에게 받은 것 이상으로 갚아주었으니 더 이상 그녀를 만날 일도 없소."

"허어, 큰일이로군."

"뭐가 말이오?"

"자네가 천기무화와 결별했다면 이제 누가 자네의 거침없는 행동을 제지할 수 있단 말인가? 세 명의 마왕이 죽었지만 내 판단에 자네는 삼대천마보다 더 두려운 존재일세."

무불악은 실소를 흘리며 자리에서 일어섰다.

"푸홋, 두렵다 두렵다 하면서도 여전히 할 말을 다한다니까."

"은사호리의 행방 때문이 아니라면 아주 곤란한 의뢰를 해올 것 같군. 어서 말해보게나."

"천풍무국의 국주가 누구인지 아시오?"

"천향무후로 알고 있네."

"그 계집이 실제 주인이 아니라는 사실도 이미 알고 있겠지?"

"……"

무불악은 좁은 집무실 안을 왔다갔다 걸었다.

"놀랄 일은 아니오. 내가 듣기로 천풍무국 배후에는 주상이라는 자가 있소. 그자가 누구인지 알아야겠소."

나단은 무거운 한숨을 내쉬었다.

"주상이라는 존재에 대해 왜 알려 하는가?"

"이유는 묻지 마시오. 알아낼 수 있는 한 최대한 알아내야 하오."

"본 문의 관례상 거부는 하지 않겠네. 하지만 그렇게 어려운 의뢰는 엄청난 보수와 긴 시일을 요구할 수밖에 없네."

"시일은 넉넉하게 주지. 나 총사의 사망 유예 일까지 넉 달이 조금 넘으니 기한을 그때로 하겠소. 보수는 정소빈의 목숨이오."

"사해천악!"

나단이 탁자를 치며 일어섰다.

"우리 천해문을 그리 만만하게 보지 말게나! 자네의 무공이 아무리 절세적이라 해도 본 문의 수천 무사들을 감당할 수 없을 것이네."

"훗, 그따위 버러지들 수천이 아니라 수만이 덤벼든다고 해도 눈썹 하나 까딱하지 않을 나요. 정소빈을 살리고 싶으면 반드시 알아내시오.

"이는 명백한 횡포일세."

"나를 화훼문에다 팔아넘긴 죄를 지었으니 평생에 걸쳐 갚아야지. 정보를 알아내면 정소빈을 죽이지 않겠소. 하지만 나 총사의 목숨은 더 이상 유예가 안 돼. 나도 천문상인과의 약조는 지켜야 하니까."

무불악의 단호한 어조에 나단의 표정이 딱딱하게 굳어졌다.

“사해천악, 이것이 자네의 본성이로군.”

“맞아. 내가 원래 이런 놈인데 운지를 만나서 잠깐 혼란을 일으켰어. 백로와 함께 다니다 보니 까마귀가 제 깃털 까만 줄 몰랐다고나 할까?”

무불악은 몸을 돌려 문으로 향했다.

“반드시 알아내시오. 정보 입수에 실패하면 정소빈과 나 총사의 목이 동시에 날아갈 테니까. 만일 두려워서 도주하면 천해문 놈들 죄다 죽을 테니 충분히 감안하시오.”

“은사호리는 사파연맹의 맹주로 있네.”

“뭐요?”

무불악이 걸음을 멈추며 고개를 돌렸다.

“지금 뭐라고 했소?”

“현 사파 세력은 사련회를 중심으로 급속도로 세력을 확장하고 있네. 사파연맹은 공공연하게 무적궁과 맞서겠다고 떠들어댈 만큼 자신감을 보이고 있지. 그 비밀스런 맹주가 은사호리 은월영으로 확인되었네.”

“내게는 불필요한 정보일 뿐이오. 스스로 나를 찾아온다면 모를까 내가 그 앙큼한 계집을 찾아가 죽일 이유는 없소.”

“기한을 조금 연장해 주게나. 자네도 알다시피 천풍무국은 무림사 이래 존재한 적이 없었던 초거대 집단일세. 모든 것이 신비에 싸여 있는데 어떻게 넉 달 안에 정보를 입수할 수 있겠는가? 상세한 정보를 입수하려면 많은 시일이 필요하네.”

무불악의 입가에 싸늘한 조소가 감돌았다.

"좋아, 사흘을 더 주겠소. 그 정도면 정소빈이 나 총사의 장례를 치르기에 충분할 거요."

일방적으로 통보한 무불악은 거적문을 밀치고 집무실을 나섰다.

그가 주변의 천해문 무사들을 훑어보자 그와 눈길이 마주친 무사들은 급히 고개를 돌리거나 숙였다.

무불악은 성큼성큼 정문으로 향했다.

"버러지 같은 새끼들!"

무불악이 천해문을 떠나자 집사들이 총사의 집무실로 집결했다.

"총사, 이번에는 대체 무슨 일입니까?"

"저 오만한 무뢰배를 언제까지 두고 봐야만 합니까?"

"아무리 마왕들을 참살한 공적을 세웠다 해도 놈은 영웅이 아니라 악당일 뿐입니다. 본 문의 전력을 기울여 놈을 제거합시다!"

나단은 워낙 중대 사안이기에 수족과 같은 집사들에게도 무불악의 의뢰를 밝힐 수가 없었다.

"어서 소문주께 전서통문을 띄워 귀환을 촉구해라."

2

성혜왕후를 잃은 남양왕부의 분위기는 침통했다.

문상 제갈정은 주약란을 대신해 문상객들을 접견하면서 장례를 치를 준비를 하였다.

주약란은 야심한 시각에만 화운전을 나와 빈소에서 모후를 위해 애도를 표하다가 새벽 무렵이면 돌아갔다. 워낙 참하게 살해된 모후의 시신은 그녀에게 엄청난 충격을 주었기에 문상객을 접견하는 것도 힘겨웠던 것이다.

남양왕부에 당도한 한운지는 먼저 성혜왕후의 빈소를 찾아가 조의를 표했다.

본래 평민은 황족의 빈소에 들어올 수 없지만 한운지의 용모가 워낙 출중한 데다 양설군이 신분을 적당히 둘러댔기에 누구도 그녀가 강호의 여인임을 눈치채지 못했다.

한운지가 화운전으로 들어서자 주약란은 그녀의 손을 쥐고는 또 한 번 눈물을 뿌리며 슬픔에 젖었다.

양설란이 차를 준비하고 물러가자 주약란은 한운지를 탁자로 이끌었다.

"찾아주셔서 고마워요, 한 여협."

"군주님, 진작 찾아뵙지 못해 오히려 송구합니다. 이런 망극한 상사를 당하셨으니 얼마나 상심이 크시겠어요?"

"다시 만나면 언니로 부르겠다고 했으니 이제부터 운지 언니로 호칭하겠어요."

한운지가 정색하며 몸을 일으켰다.

“당치 않으십니다, 군주님. 소녀는 하찮은 평민일 뿐입니다.”

“앉으세요, 운지 언니. 지금은 내가 너무 힘들고 괴로워 언니 같은 분이 꼭 필요해요.”

“언니라는 호칭은 제발 거둬주십시오. 몸 둘 바를 모르겠습니다.”

“그냥 들어주세요. 외로운 동생을 위한다고 배려해 주세요.”

주약란이 간곡한 요청에 한운지는 몹시 난처했다.

“군주님……”

“부탁드려요, 운지 언니.”

“알겠습니다.”

한운지는 공손히 예를 올리고는 다시 자리에 앉았다.

“그럼 군주님의 고충을 솔직하게 말씀해 주십시오.”

주약란은 차를 한 모금 마시고는 어렵사리 입을 열었다.

“어머님은… 병사하신 것이 아니라 피살되셨습니다.”

“예에……?”

“아버님께서 묘강 원정을 떠나신 다음날 밤에 참변이 일어났지요.”

“맙소사. 어떻게 이런 망극한 일이……”

“당시 성혜전의 귀중품이 일부 도난당하기는 했지만 단순한 도적의 소행은 아닌 것으로 밝혀졌습니다.”

“자객의 소행이라면…… 단서는 있는 겁니까?”

“아니요. 단서 하나 찾아내지 못했습니다. 그야말로 유령과도 같은 흉수에게 당하신 겁니다. 흑……!”

주약란은 다시 북받치는 슬픔을 참지 못하고 눈물을 흘렸다.

한운지는 주약란이 잠시 진정되기를 기다렸다가 물었다.

“군주님, 왕후마마께서는 어떻게… 돌아가신 겁니까?”

“어머님은 목뼈가 부러지고 가슴이 으스러졌으며… 심장마저 파열되었어요. 사인을 검시한 어의의 말로는 흉수가 병기를 전혀 사용하지 않았다고 합니다. 과연 그것이 가능한 일인가요?”

“충분히 가능합니다. 절정 급 고수라면 맨손으로 바위로 으스러뜨릴 수 있기에 사람의 가슴을 뻐개고 심장을 터뜨릴 수 있습니다.”

“역시… 자객의 소행이군요.”

“군주님, 조사를 해봐야 알겠지만 이번 사건은 일반적인 자객의 척살과 다릅니다.”

주약란은 눈을 동그랗게 떴다.

“하면 자객의 소행이 아니란 말이에요?”

“자객들은 통상 예리한 병기를 사용하며 목을 베거나 심장을 찌르는 수법으로 척살을 합니다. 한데 왕후마마께서는 맨손에 의해 목뼈가 부러지고 심장이 파열되는 참살을 당하셨으니 이는 다분히 감정적인 살인으로 추측됩니다."

"그럼 원한에 의한 살인이라는 건가요?"

"당장은 뭐라 말씀드릴 수 없습니다."

주약란은 손을 뻗어 한운지의 손을 쥐었다.

"운지 언니, 제발 도와주세요. 나는 어머님이 왜 피살되셨는지 꼭 알고 싶어요. 흉수가 누구인지도 알아야겠어요. 이런 끔찍한 죄를 저지른 악인이라면 반드시 찾아내 엄벌을 내려야 합니다."

"군주님, 이것은 왕부의 일입니다. 또한 황족의 명예와 직결된 사안이기에 저는 개입할 수 없습니다."

"그래서 부탁드리는 거예요. 모두가 이번 사건을 묘족 오랑캐들이 꾸민 암살극이라 하지만… 왠지 석연치 않아요. 꼭 내막을 밝혀내 원통하게 타계하신 어머님의 넋을 위로해 드리고 싶어요."

한운지는 나직이 한숨을 내쉬었다,.

"군주님, 이번 사안은 전하께서 직접 주관하셔야 옳습니다."

"아버님께서는 장례 절차만 지시하고는 다시 원정에 나서셨어요. 언제 회군하실지도 모르고… 또 귀환하셔도 과연 이번 사건을 면밀하게 조사하실지 장담할 수 없어요. 아버님은 황실의 명예를 지키기 위해 사실을 은폐하실 생각밖에 없으세요."

주약란의 얼굴이 온통 눈물로 범벅이 되었다. 고귀한 군주가 마치 버림받은 여인처럼 처량하게 보였다.

한운지는 한참을 고심하다가 몸을 일으켰다.

"알겠어요. 군주님의 청원을 받들겠습니다."

"오, 고마워요, 언니."

주약란은 고개를 숙이며 진심어린 사의를 표했다.

한운지는 옆으로 비켜서고는 나직이 말했다.

"대신 참으로 송구한 청원이지만 왕후마마의 시신을 잠시 볼 수 있게 윤허해 주십시오."

"예에? 어머님의 시신을……?"

"무공은 그 흔적이 남게 돼 있습니다. 강호인들은 독보적인 절기를 구사하는 경우가 많은데 무공 수법은 중요한 단서가 될 수 있습니다."

"그렇군요… 하지만 어머님의 시신을 보려면 관 뚜껑을 열어야 하는데……."

이미 염습을 마치고 입관된 상태에서 다시 관 뚜껑을 연다는 것은 장례법에 어긋나는 범법 행위다. 더군다나 황족의 유해는 조금이라도 훼손되면 반역죄로 다스려지기에 염습을 훼손하는 것조차 중대한 위법이다.

주약란은 심각하게 고민하다가 결단을 내렸다.

"알았어요. 오늘 밤 내가 빈소를 지킬 때 시녀 복장을 하고 나를 수행해요. 모두들 내보낼 테니 그때 관을 열고 검시를 하세요. 아직 관에 못질이 돼 있지 않으니 구천에 계신 어머님도 나를 나무라지 않을 겁니다."

"그리고 사건 현장인 성혜전도 살펴보고 싶습니다."

"그것은 어렵지 않아요."

한운지는 시녀 복장을 하고 주약란을 수행해 성혜전을 살펴보았다.

성혜왕후가 운명했기에 성혜전은 이미 폐쇄돼 있었다.

한운지는 흉수가 침투했을 경로를 몇 곳 추정해 흉수의 경공술과 은신술을 가늠해 보았다. 왕부의 삼엄한 경비 체계를 뚫고 침투하려면 경이적인 잠행술이 요구되기에 특급 자객이라도 쉽지 않은 잠입이었다.

'이 정도 능력을 지닌 특급 자객은 천하를 통 털어도 열 명이 채 되지 않는다.'

한운지는 성혜전 내부를 샅샅이 수색했지만 그녀로서도 이렇다 할 단서는 찾아낼 수 없었다.

문득 그녀는 한 가지 의혹을 품게 되었다.

'왕부는 워낙 광대하고 건물이 복잡해 설사 특급 자객이라 해도 지형에 대한 숙지가 없다면 침투가 불가능하다. 성혜전 내부도 방이 여러 개나 되기에 왕후마마의 침소를 단숨에 찾아내기는 쉽지 않다. 한데 흉수는 엄중한 경비를 뚫고 잠입하면서 한 치의 실수도 없었다. 과연 왕부를 처음 잠입한 자객으로서 그것이 가능할까?

한운지는 남양왕부로 두 번 들어섰지만 하늘을 찌를 듯한 고루거각과 높은 담장으로 인해 여전히 방향조차 가늠하기 어려웠던 자신의 입장에서 재고해 보았다.

'흉수는 분명 왕부에 대해 잘 아는 자다. 그렇다면 흉수는 왕부 내부에 있거나 흉수와 내통하는 자가 왕부 내에 있는 게 분명해.'

놀라운 총명으로 유령과 같은 흉수의 정체를 조금이나마 추측한 한운지는 성혜왕후의 시신에 기대를 걸었다.

'병기를 사용하지 않았다면 무공 수법이 보다 분명하게 남는다.'

그날 밤.

시녀로 분장한 한운지를 대동한 주약란은 빈소로 들어섰다.

"잠시 혼자 있고 싶으니 모두들 나가라."

"예, 군주님.

빈소 내에 있던 시녀들은 모두 밖으로 나갔다.

주약란이 제단에 향을 사르고 절을 올리며 애도를 표하는 동안 한운지는 제단 뒤로 들어섰다.

관은 황금 수실이 수놓아진 천으로 덮여 있었다.

"마마, 소녀 한운지의 불경을 용서해 주십시오."

한운지는 정중히 절을 올리고는 관 뚜껑을 열었다.

시신의 부패를 막기 위한 향초 냄새가 자욱하게 피어올랐다.

한운지는 부패한 시신의 독기가 스러지기를 기다렸다가 바싹 다가서서 성혜왕후의 시신을 살펴보았다.

성혜왕후는 짙게 화장한 모습이었다.

한운지는 성혜왕후의 옷고름을 풀고 가슴 부위를 살펴보았다. 상처 부위는 어의에 의해 꿰매져 있어 당시의 상처가 어느 정도인지는 추측으로만 알 수 있었다.

한운지는 촘촘하게 꿰맨 상처 부위를 세심하게 검사했다.

"찢긴 상처가 의외로 매끄럽군. 맨손으로 가슴을 으스러뜨렸는데도 마치 예리한 병기로 찌른 듯하구나. 이런 경지에 이르려면 최소한 수강을 발출할 수 있어야 돼."

그녀는 성혜왕후의 목 부위도 살피고는 검시를 마쳤다.

화운전으로 돌아온 한운지는 시녀 옷을 벗고 자신의 옷으로 갈아입었다.

"군주님, 최선을 다해 흉수를 색출해 보겠습니다."

"부탁해요, 언니."

주약란은 묵직해 보이는 비단 주머니를 한운지 손에 쥐어 주었다.

"경비로 사용하세요."

"아… 아닙니다, 군주님. 저도 자금은 충분히 있습니다."

"옛말에 황금은 귀신도 움직인다고 하더군요. 비용을 아끼지 말고 정보를 수집하세요. 한시라도 빨리 흉수를 찾아내 원수를 갚고 싶습니다."

주약란의 결연한 모습에 한운지도 더는 거절하지 못하고 비단 주머니를 받아 챙겼다.

"군주님, 이제 슬픔을 거두십시오. 옥체도 생각하셔야지요."

"많이 안정됐어요. 한데… 무 공자와는 함께 오지 않았군요. 두 분이 친하기에 함께 올 줄 알았는데……."

"무 공자는……."

한운지는 무불악과 결별한 사실을 밝히려 했지만 주약란이 공연히 마음 상해할 것 같아 말을 바꾸었다.

"군주님도 잘 아시다시피 무 공자는 딱딱한 예법을 아주 싫어합니다. 여태 조문 한 번 가본 적이 없다고 하더군요. 나중에 따로 찾아뵙겠다고 했습니다."

"그랬군요. 무 공자가 다소 거칠기는 해도… 심성은 올곧은 분인 것 같아요. 두 분께서 애써 주세요."

"알겠습니다."

주약란과 작별한 한운지는 남양왕부를 나섰다.

산 중턱에서 멀리 내려다보이는 남양왕부는 그 자체가 하나의 성시였다. 새벽 무렵인데도 불을 환히 밝혔기에 동화 속 왕궁처럼 보였다.

한운지는 중턱의 벼랑에 서서 오랫동안 남양왕부를 내려다보았다.

"대체 흉수는 무엇을 노린 것일까? 세상과 전혀 무관한 왕후마마를 왜 살해한 것일까?"

워낙 중대한 사안인데다 비밀을 지켜야 하기에 그녀로서도 조사가 쉽지 않은 임무였다.

사실 그녀는 오대천마를 상대해야 하는 막중한 사명을 수행해야 하는 처지라 강호의 안위와 무관한 이번 사건이 몹시 부담스러웠다. 하지만 자신을 언니로 호칭하며 간곡히 청하는 화운군주의 부탁을 차마 거절할 수가 없었다.

한운지는 성혜왕후의 가슴을 꿰뚫은 수법을 다시금 떠올렸다.

'사도나 마도의 수법이 분명해. 사부님께서 기록해 두신 무서를 검토해 봐야겠다.'

3

다각다각……!

한 필의 말이 터벅터벅 관도를 따라 걷고 있었다.

주인이 재촉하지 않았기에 말은 무료하게 걸음을 옮겼고,

안장에 앉은 주인은 나른한 봄 햇살을 받으며 끄덕끄덕 졸고 있었다.

청년의 많지 않은 나이를 감안한다면 다소 게으른 행보였다.

이때 뒤편으로부터 요란한 말발굽 소리가 들려왔다.

두두두—!

여섯 필의 준마는 이열 종대를 이루어 관도를 따라 빠른 속도로 질주해 왔다. 하나같이 건장한 체구의 무사들은 연신 말채찍을 휘두르며 달리는 말을 더욱 재촉했다.

그들은 관도를 막아선 채 느릿느릿 걸어가는 말을 보고는 일렬 종대로 대열을 변경했다. 여섯 필의 말은 청년이 탄 말을 차례로 지나쳐 갔다.

한데 가장 마지막으로 지나치던 무사가 청년이 탄 말의 엉덩이를 말채찍으로 후려쳤다.

"새끼야, 똥말을 탔으면 옆으로 좀 비켜서라!"

이히힝—!

깜짝 놀란 말이 앞발을 번쩍 쳐들었고 그 바람에 청년은 비명을 지르며 관도 옆 도랑으로 떨어졌다. 그러나 청년은 놀라운 무공의 소유자인지 도랑을 차고 치솟아 다시 말안장 위로 내려앉았다.

청년의 얼굴에서 졸음기가 싹 가셨다.

"니미, 감히 잠자는 호랑이의 수염을 건드려?"

청년은 타고 있던 말의 옆구리를 힘껏 찍었다.

"당장 따라잡아! 못 따라잡으면 네놈 목을 베겠다!"

청년이 탄 말은 아픈 울음을 토하고는 냅다 달려갔다.

두두두─!

청년의 기마술 또한 뛰어난 편이라 머지않아 이열 종대로 달려가고 있는 무사들을 따라잡을 수 있었다.

"더 빨리!"

청년은 말채찍으로 연신 말 엉덩이를 후려쳤다. 말은 허연 거품을 뿜으며 전력을 다해 질주했다. 그로 인해 청년은 이열 종대를 이루며 달리고 있는 무사들과 어깨를 나란히 할 수 있었다.

청년의 말에 채찍을 가했던 무사가 힐끗 돌아보고는 눈을 휘둥그레 떴다.

"어랍쇼? 아까 그놈이잖아?"

청년은 다리를 뻗어 무사를 냅다 걷어찼다.

"오냐, 새끼야! 조무래기 주제에 감히 누구를 건드린 거냐?"

무사는 안장에서 나동그라지며 나란히 달리고 있던 동료와 뒤엉켜 말에서 떨어졌다.

"아이쿠!"

"허억, 왜 이래?

청년은 앞서 달리고 있던 네 명의 무사도 발로 걷어차 모두 떨어뜨렸다.

무사들은 달리던 말에서 떨어졌지만 나름대로 신법을 터득했기에 별다른 부상은 당하지 않았다. 무사들을 떨어뜨린 청년이 말을 멈춰 세우자 무사들은 급히 달려가 청년을 에워쌌다.

"이거 미친 새끼 아니냐?"

"감히 우리에게 먼저 시비를 걸어?"

"네놈은 오늘 곱게 죽기 글렀다!"

청년은 말안장에 앉은 채로 무사들을 쓸어 보았다.

"그나마 말을 때렸기에 살려준다. 만일 내 몸에 채찍을 가했다면 네놈들 모두 죽었을 거다."

유성추를 쥔 무사가 냅다 유성추를 날렸다.

"뒈질 놈은 너다!"

육중한 유성추가 청년을 향해 날아들었다.

청년은 짜증스런 표정으로 유성추를 향해 주먹을 내질렀다.

퍼엉!

요란한 폭음이 터지며 유성추가 산산조각 났다.

이를 본 무사들의 얼굴에서 핏기가 싹 가셨다. 맨주먹으로 유성추를 박살 냈으니 이는 절세 급 고수나 가능한 위력이었다. 감히 그들이 범접할 상대가 아니었던 것이다.

무사들은 주춤 물러섰다.

"귀… 귀하는 대체 뉘시오?"

"우리는 무적궁의 순찰무사들이오."

청년은 주변을 쓸어 보고는 떨떠름한 입맛을 다셨다.

"무적궁이라고? 너희들이 왜 이런 곳에서 얼쩡대는 것이냐?"

"말 삼가시오. 이곳은 본 궁의 관할구역으로 우리는 순찰을 나서는 중이오."

"그랬었군. 난 무불악이다. 서로 비겼으니 이만 꺼져라."

그러했다. 청년은 다름 아닌 사해천악 무불악이었다.

천해문 총단을 나선 이후 수일 동안 말에게 행보를 맡겼는데 자신도 모르게 산동성으로 들어서게 되었다.

안휘성과 산동성의 접경 지역은 무적궁의 관할구역이기에 그가 무적궁 순찰 무사들을 걸어찬 것은 엄연한 구역 침범이었다. 물론 먼저 행패를 부린 쪽은 무적궁이기에 무불악이 공연히 시비를 건 것은 아니었다.

무불악이 자신의 신분을 밝히자 무적궁 순찰무사들은 두려움과 더불어 분노를 표출했다.

"사해천악 무불악?"

"본 궁의 원수다!"

"소궁주께서 네놈을 벼르고 있는 상황인데 제 발로 찾아왔구나!"

무불악은 순찰무사들을 돌아보았다.

“뭐라 했냐? 내가 무적궁의 원수라고?”

“그렇다. 너 때문에 본 궁의 소궁주께서 천풍무국에 잠입하려던 중대한 계획이 틀어지지 않았더냐? 또한 본 궁의 인척인 상관보에서도 너를 처벌해 달라는 탄원을 보내왔다.”

“그래, 그 멍청한 놈이 무적궁의 소궁주였지?”

무불악은 비로소 천풍무국으로 잠입하려 했을 때 잠시 동행했던 한 사람을 기억할 수 있었다.

무적궁의 소궁주인 악붕투권 뇌진표.

뇌진표는 무불악이 신분을 밝히는 바람에 외성에도 이르지 못하고 쫓기는 신세가 되었다. 자신은 까맣게 잊고 있었지만 뇌진표라면 원한을 품을 만했다.

“야, 니들 소궁주인 미련 곰탱이한테 가서 전해라. 내 덕분에 미리 신분이 밝혀져 그나마 죽지 않은 거다. 만일 외성까지 진입한 상태에서 신분이 탄로 났다면 모가지가 열 개라도 부족했을 것이다.”

무적궁 무사들은 무불악의 앞을 가로막았다.

“본 궁의 보복이 두렵지 않다면 거처를 밝혀라. 소궁주께서 본 궁의 정예들과 함께 너를 찾아갈 것이다.”

“이 멍청한 놈들아, 생각 좀 하고 살아라. 내가 오대천마 중 둘이나 죽인 사람이다. 한데 소궁주라는 놈이 감히 내 상대가 되겠냐? 정 복수를 하고 싶다면 무적궁주가 직접 나서라고 해라.”

"닥쳐라! 궁주님께서 어떤 분이신데 너 같은 망나니를 친히 상대하신단 말이냐?"

"무적궁주가 그렇게 대단하냐? 건곤불패나 독보신검보다 하수 주제에."

무불악은 더 이상 상대하기도 귀찮아 소매를 저었다.

"꺼져, 새끼들아!"

퍼퍼펑—!

강기에 튕겨진 순찰무사들이 피를 토하며 나가동그라졌다.

다각다각!

무불악이 관도 모퉁이를 돌아 사라지자 비교적 부상이 덜한 순찰무사가 폭죽을 뽑아 발출했다.

퍼엉!

푸른 하늘에 붉은 연기가 선명하게 새겨졌다. 급보를 알리는 신호였다.

무불악은 노천반점에서 식사를 하고 있었다.

그는 식사를 안주 삼아 술을 마시며 골똘히 생각에 잠겼다.

'천해문에서 천풍무국의 국주에 대한 조사를 마칠 때까지 특별히 할 일도 없어. 그래도 운지와 함께 있을 때는 정신없이 왔다 갔다 했는데.'

그가 강호에 출도한 것은 심로의 복수를 해주기 위함이었고, 그것이 그의 유일한 목표였다. 어렸을 적 고아가 됐으니 주변에 친인척 하나 없고 친구조차 없었다.

그나마 친인이라고 할 수 있는 사람이 한운지와 백을천이었는데 이제 헤어지고 나니 다시 혼자가 되었다.

혼자가 돼서 특별히 나쁜 것은 없지만 조금 무료한 것이 흠이었다.

물론 그 자신을 위한 목표가 없는 것은 아니었다.

베어진 두 개의 손가락,

그것은 평생 씻을 수 없는 수치이며 굴욕이기에 반드시 복수를 해야 했다. 받은 것은 배로 갚는다는 그의 성격상 검마의 손가락 네 개를 잘라주겠다는 것이 그의 목표였다.

그러나 철마산에서 상대해 본 검마 구주파천은 가히 절대마검의 소유자였다. 의천무경을 수련한 그로서도 도저히 감당할 수 없는 불가침의 존재였던 것이다.

더군다나 독보신검마저 패해 불구자가 되었으니 구주파천을 육지검마로 만들겠다는 그의 복수는 정말 요원한 일이었다.

무불악은 독한 술을 입에 털어 넣고는 안주를 한 점 질경질경 씹었다.

"구주파천… 어떻게 해야 그 늙은 마왕의 손가락을 잘라줄 수 있을까?"

그러다 문득 한운지가 전해준 얘기가 떠올랐다.

"맞아, 독보신검이 나를 보자고 했지?"

독보신검이 비록 검마와의 대결에서 패했다 해도 당대 최고 반열에 오른 검객임은 부인할 수 없었다. 게다가 그런 경지에 이른 초고수라면 패배를 통해 새로운 각성을 얻었을 수도 있었다.

"그 꼬장꼬장한 노인네가 혹시 나를 통해 검마와 다시 대결하려는 것은 아닐까?"

일단은 그렇게밖에 추정할 수 없었다.

무불악은 자신의 왼손을 매만지며 고개를 저었다.

"아직은 시기상조다. 구주파천의 절대마검을 격파할 확신이 섰을 때 싸우는 거다. 검마도 내가 두 마왕을 죽인 사실을 알았을 테니, 다시 대결해 패하면 이번에는 손가락 두 개로 끝나지 않을 것이다."

이때 소란스런 웃음소리와 함께 한 무리의 무사들이 반점으로 들어섰다.

네 사람 모두 흉악한 모습인데다 거드름을 피우는 태도가 아주 방자했다. 탁자를 꿰차고 앉은 그들은 탁자를 두드리며 소리쳤다.

"당장 한 상 내와라!"

탁자로 달려온 주인이 연신 허리를 굽신거렸다.

"예예, 잠시만 기다려 주십시오."

주인은 급한 대로 술과 소금에 절인 땅콩을 내왔다.

노천반점 내에서는 무불악 외에도 몇 사람의 상인이 식사를 하고 있었는데, 무사들이 들어선 후부터는 말 한마디 없이 조용히 음식만 먹었다.

무불악은 무사들의 과장된 웃음소리와 같잖은 대화가 귀에 거슬렸지만 먼저 시비를 걸고 싶은 마음이 없어 그냥 귓등으로 흘렸다.

순식간에 술과 요리를 먹어치운 무사들은 계산대로 다가섰다.

"얼마냐?"

"저어, 은자… 열 냥입니다요."

"뭐야, 고작 열 냥?"

"아니, 스무 냥……."

그러자 얼굴에 칼자국이 가득한 무사가 비수를 꺼내 자신의 팔뚝을 그었다.

"당신 장사 처음 해?"

팔뚝이 찢기며 붉은 피가 튀자 주인은 사색이 되어 계산대 서랍의 은자를 몽땅 꺼내 놓았다.

"여… 여기 서른 냥입니다요."

흉악한 모습의 무사들은 은자를 챙겨 넣고는 비로소 인상을 풀었다.

"헤헷, 그럼 수고해. 어려운 일 있으면 도움을 요청하고."

주인은 마당까지 나서 무사들을 배웅했다.

“그럼 살펴들 가십시오.”

무사들이 사라지자 주인은 나무 계단에 주저앉으며 분통을 터뜨렸다.

“아이고, 무적궁 놈들이 물러갔다 싶더니 이제 사련회가 들볶아대는군. 이놈의 장사 때려치우던가 해야지!”

그러자 반점의 손님들이 다가와 주인을 위로했다.

“주인장, 그래도 이곳에는 세리들이 없지 않소? 무자비하게 세금을 뜯어가는 흡혈귀보다야 저런 무뢰배들이 오히려 낫소.”

“맞는 말이오. 우리 같은 상인들은 뼈 빠지게 돈을 벌어봤자 세금으로 모두 뜯기면 남는 게 없소.”

“남는 게 없으면 오히려 다행이게? 벌이가 없어도 빚을 내서 세금을 내야 하는 판국이니 이게 어디 사람 사는 세상인가?”

상인들은 주인을 위로해 주고는 음식값을 넉넉히 주고 길을 떠났다. 위로를 받은 주인은 겨우 힘을 내서 반점으로 들어와 그릇을 치웠다.

이때 무불악이 주인을 잠시 불러 물었다.

“주인장, 아까 그놈들이 사련회 소속 졸개들이오?”

“예, 맞습니다.”

“내가 알기로 이 일대는 무적궁의 관할 지역인데 어떻게 사련회 따위가 설치는 거요?”

“무적궁이 밀려난 지가 제법 됐습죠. 지금 산동 일대는 사련회 외에도 일곱 개의 녹림과 사파 집단들이 강력한 세력을 형성하고 있습니다.”

“사파연맹이라는 게 바로 그놈들이오?”

“그렇다고 들었습니다.”

“알겠소.”

무불악은 주인을 보내고는 턱을 어루만졌다.

‘은월영, 그 불여우가 사파연맹의 맹주라고 했지?

한운지를 위해 해독단을 구할 때만 해도 은월영은 찢어 죽일 원수였다. 당시의 심정이었다면 지금 당장 달려가 은월영을 난도질쳤을 것이다.

하지만 한운지와 결별한 상황이라 한운지를 위해 복수를 해주고 싶은 의욕이 별로 없었다.

그러다 문득 천사혈뇌를 떠올린 그는 생각을 바꾸었다.

“옥면잔사나 천사혈뇌는 같은 부류다. 둘 모두 사악한 대가리를 지닌 자들이니 교류가 없다고 해도 통하는 게 있겠지. 이참에 불여우의 껍데기를 벗겨서라도 옥면잔사에 대한 단서를 찾아봐야겠다.”

모처럼 목표를 세우자 의욕이 부쩍 솟았다.

“아무것도 모르는 말이 나를 산동으로 이끈 것도 운명이로군.”

第三十六章
악은 악으로 통한다

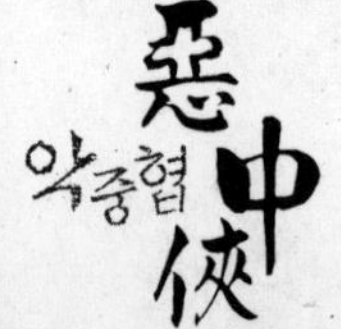

1

천해문 총단으로 귀환한 정소빈은 대뜸 언성을 높였다.

"총사, 그 악당 놈이 또 찾아왔단 말입니까?"

나단은 면밀하게 지도를 검토하면서 대꾸했다.

"놈의 의식이 갑자기 돌변했네. 소문주가 없었던 게 다행일세. 우리가 함께 있었다면 둘 중 하나는 죽었을 것이네."

"놈이 천하제일의 고수라도 그럴 수는 없을 겁니다."

정소빈은 의자를 끌어다 집무 탁자를 사이에 두고 마주 앉았다.

"이번에는 무엇을 요구했어요?"

"천풍무국의 진정한 주인인 주상에 대해 알아내라고 하

더군."

"미친 새끼! 정 궁금하면 제가 뛰어들어 알아낼 것이지 왜 우리한테 의뢰하는 거야?"

정소빈은 한바탕 욕설을 퍼붓고는 찻잔을 입으로 가져갔다.

"대금은 치렀나요?"

"소문주의 목숨일세."

"흥, 마왕 둘을 죽였다고 세상 사람들 누구든 죽일 수 있다고 착각하는군요. 기한은요?"

"노부의 사망 유예 기간이 넉 달 정도 남았는데 그 기한과 동일하네."

정소빈의 눈매가 샐쭉해졌다.

"무슨 말씀이세요? 기어코 총사를 죽이겠다는 겁니까?"

"천맹상인의 요청이라 노부를 꼭 죽여야겠다고 했네."

"좋아요. 무불악이 그렇게 나온다면 우리도 더 이상 당하고만 살 수는 없어요."

"소문주, 놈이 화훼문에서 죽지 않고 살아온 순간부터 본 문은 중대한 위기를 맞은 것일세. 그나마 무불악이 천기무화와 약조한 덕분에 참화를 모면할 수 있었지. 하지만 무불악이 천기무화와 결별한 이상 그자는 이름 그대로 무불악으로 살아가게 될 것이네. 유감스럽게도 현재 본 문의 전력으로는 무불악과 맞서 싸울 수 없네."

“총사, 본 문이 직접 나서 싸울 일은 없습니다.”

정소빈은 독한 마음을 품고 무서운 계책을 내놓았다.

“총사, 세상에서 무불악을 죽이고 싶어하는 사람은 많습니다. 특히 세 명의 아우를 잃은 독마라면 반드시 죽이려 할 겁니다. 독마의 소재를 알아내 무불악의 행보를 알려주면 그들끼리 충돌할 겁니다. 최상의 결과는 독마와 사해천악 두 악인이 함께 죽는 거죠.”

지도를 검토하던 나단이 고개를 들어 정소빈을 바라보았다.

“독마라 해도 무불악을 죽이지 못할 것이네.”

“혈루시산의 무서운 독공에는 절세고수라도 쓰러질 수밖에 없습니다.”

“무불악이 무서운 것은 무공이 아니라 심기와 임기응변일세. 그가 검마와 싸워 단지 두 손가락만 잃었다는 사실을 깊이 생각하게나. 독마를 움직여 무불악을 죽이려는 계책은 다소 경솔하네. 만일 계책이 실패하면 본 문은 화훼문과 같은 참화를 당하게 될 것이네.”

정소빈의 표정이 다소 침울해졌다.

“총사, 제발 묘책을 강구해 보세요. 왜 그런 놈에게 총사의 귀한 목숨을 맡기려 하십니까?”

“노부가 죽고 사는 문제는 중요치 않네. 어쩌면 무불악은 세상을 구할 절대 영웅일 수도 있네.”

"말도 안 됩니다. 무불악이 두 마왕을 죽인 것은 세상을 위해서가 아니라 오로지 자신이 살기 위함이었을 뿐입니다."

"바로 그것일세. 무불악이 무엇 때문에 천풍무국의 진정한 주인을 알려고 하는지 몰라도 그로 인해 세상이 구원될 수도 있네."

"총사, 천풍무국이 그렇듯 위협적이란 말입니까?"

나단은 세밀하게 그려진 지도로 다시 시선을 돌렸다.

"천풍무국은 역사상 존재한 적이 없는 거대 집단일세. 대체 저들이 무엇을 의도하는지는 전혀 짐작할 수 없네. 하지만 저들이 일시에 쏟아져 나온다면 천하는 불과 한 달 이내에 천풍무국의 세상으로 바뀔 것이네."

나단의 분석과 판단을 절대적으로 신뢰하는 정소빈이었지만 지금의 예상은 납득하기 어려웠다.

"총사, 비록 독보신검이 큰 부상을 당했지만 독보검궁은 여전히 건재합니다. 또한 무적궁과 불패성은 최고의 전력을 갖추고 있습니다. 그런 강력한 문파들도 천풍무국의 상대가 되지 못한단 말입니까?"

"건곤불패와 천투무적이 세상을 호령하는 절세고수인 것은 분명하지만 압도적인 절대자는 아닐세."

"그렇다면 천풍무국의 주상은 절대자란 말입니까?"

"능히 그렇다고 장담할 수 있네. 아마 그와 맞설 수 있는 자는 검마 구주파천뿐이겠지."

　나단은 지도를 옆으로 밀치고는 투박한 찻잔에 차를 따랐다.

　정소빈은 잠시 고심하다가 가는 미소를 띠었다.

　"잘됐네요. 천풍무국의 주상이 그런 절대자라면 무불악은 절대 살아남지 못할 겁니다. 제가 천풍무국으로 잠입해서 주상의 존재에 대해 알아보겠습니다."

　나단의 표정이 딱딱하게 굳어졌다.

　"소문주……?"

　"아버님의 실종은 천풍무국과 무관하지 않습니다. 사실 진작부터 천풍무국에 잠입할 계획을 세워두었어요. 천풍무국에 대해 확실하게 알아오겠습니다."

　"저들은 여느 문파가 아닐세. 하나의 무림왕국일세."

　"규모가 거대한 만큼 틈새도 많습니다."

　정소빈은 나단이 검토하고 있었던 지도를 자신 앞으로 끌어당겼다.

　"제가 주의해야 할 사항이나 일러주세요."

　나단은 깊이 숙고하다가 고개를 끄덕였다.

　"그래, 노부보다는 소문주가 잠입하는 게 보다 용이하겠군."

　"물론입니다. 변장술은 저의 십절 중 하나가 아닙니까? 잠입에는 사내보다 계집이 유리하며, 남의 관심을 받지 못하는 못생긴 계집은 더욱 유리하죠."

“틀린 말은 아닐세.”

나단은 얇은 책자를 정소빈에게 건네주었다.

“천풍무국에 관해 기록하고 분석해 둔 자료일세. 요긴하게 쓰일 것이네.”

정소빈은 책자를 받아 대충 훑어보고는 품에 넣었다.

“한데 왜 무불악이 심경 변화를 일으켜 운지 언니와 헤어진 거죠?”

“녀석의 말로는 백로와 잠시 함께 있다 보니까 자신도 백로인 양 착각했다고 하더군.”

정소빈은 대번에 그 의미를 이해했다.

“호호, 과연 무불악다운 말이군요. 사실 자기 자신을 정확히 돌아보기는 쉽지 않지요. 무불악은 분명 악당이지만 심기는 정말 깊어요.”

자리에서 일어선 정소빈은 팔짱을 낀 채 실내를 왔다갔다 걸었다.

“오는 길에 들었는데 무불악이 무적궁 관할구역에서 약간의 소란을 피웠다고 하더군요. 총사가 은사호리의 행방을 알려주었나요?”

“녀석이 워낙 무섭게 몰아붙여 은사호리의 행방을 알려주기는 했는데 진짜로 찾아갈 줄은 몰랐네. 사실 천기무화와 결별했다면 은사호리를 찾아갈 일도 없지 않은가?”

“총사, 무불악이 운지 언니와 헤어진 것은 자신이 자칫 변

질될 것이 우려되서입니다. 하지만 운지 언니에 대한 감정은
각별하죠. 지난번에 화혈독비의 해독단을 내놓으라고 윽박
질렀을 때는 정말 무서웠어요. 운지 언니를 절실하게 사랑하
는 게 틀림없어요. 그러니 은사호리를 찾아가 복수하려는 것
은 당연하지요.”

나단은 결재할 서류를 검토하다가 반론을 제기했다.

“글쎄, 천기무화의 복수를 위해서라면 소란 따위는 피우지
않았어야 했겠지. 은사호리가 도주할 수 있으니 말일세. 잠시
전 입수된 정보에 의하면 무불악이 무적궁의 관할구역에서
소란을 피운 것은 아주 사소한 충돌 때문이었네. 결론적으로
말하면 무불악이 산동성까지 흘러간 것은 순전히 우연일세.”

정소빈은 자신의 추정이 빗나갔다 싶어 입술을 비죽거렸
다.

“경위야 어쨌든 산동성으로 진입했다면 사파연맹을 찾아
가 은사호리를 죽이려 할 겁니다. 총사는 전 지부와 분소에
알려 무불악의 소재를 천하 곳곳에 퍼뜨리세요.”

“결국 독마를 움직일 생각인가?”

“독마뿐이겠어요? 검마 구주파천도 산동성으로 달려갈지
모르죠. 이번에도 무불악이 죽지 않고 살아난다면 천명을 받
은 사람으로 인정하겠어요.”

나단은 자신의 커다란 귀를 매만졌다.

“천명(天命)이라…… 하늘이 악을 제거하기 위해 악을 내

려보냈다는 뜻인가?”

정소빈은 창틀만 갖춰진 창가에 서서 하늘을 올려다보았다.

“무불악의 정체가 정말 궁금하기는 해요. 대체 그의 내력이 뭘까요? 도대체 그는 누구를 찾아다니는 걸까요?”

2

예전에는 미산 주변의 관도를 지나려면 교역 마차이거나 표물 마차이거나 반드시 무적궁의 표식을 달아야 했다. 그래야 녹림 도적들이나 사련회의 무자비한 약탈을 피할 수 있었다.

물론 무적궁의 문장이 새겨진 삼각 깃발은 거금을 들여야만 구입할 수 있지만 그만한 가치는 있었다.

하지만 근래 들어 무적궁의 기치를 마차에 꽂는 멍청한 상인들이나 표사들은 없었다. 사련회를 중심으로 결성된 사파연맹이 무적궁과 전면전을 선포했기에 무적궁의 기치는 오히려 사파연맹을 자극하기 때문이다.

무적궁 대 사파연맹.

세력 다툼이 전개되면 피해를 보는 쪽은 언제나 세력과 전혀 무관한 상인들이나 양민들이었다.

절뚝절뚝!

다리를 절며 걷는 청년의 눈빛이 몹시 권태로웠다.

청년은 비교적 값비싼 비단옷을 걸쳐 입었지만 뭔가 어색해 보였고 느릿느릿 걷는 걸음걸이에서는 오만함이 엿보였다.

청년의 한쪽 볼에는 꿰맨 듯한 깊은 흉터가 나 있었고 왼팔은 부상을 당했는지 붕대로 감싸져 있었다.

청년은 발을 끌다시피 걸으며 미산의 골짜기로 들어섰다.

골짜기 입구에는 허연 해골이 주렁주렁 걸려 있어 마치 사망곡을 방불케 했다.

청년은 골짜기 입구를 둘러보며 짜증스럽게 중얼거렸다.

"지미, 명색이 사파연맹이라면서 왜 이렇게 후졌어? 근사한 망루 하나 세워져 있지 않잖아?"

그는 가래침을 뱉고는 골짜기 안으로 들어섰다.

이때 네 명의 무사가 내려서며 청년을 막아섰다.

"웬 놈이냐?"

청년은 네 명의 무사를 쓸어 보고는 권태롭게 물었다.

"이곳이 사파연맹의 총단이냐?"

그러자 애꾸 무사가 비릿한 웃음을 흘렸다.

"이 새끼는 뭐야? 감히 사련회를 찾아와 시비를 걸겠다는 거냐? 일단 정체부터 밝혀라."

"난 호남에서 온 잔백혈수(殘魄血手) 양추(梁錘)다. 사파연맹이 사파의 거물들을 초빙한다는 소식을 듣고 찾아왔다."

"큭, 네놈이 사파의 거물이란 말이냐?"

애꾸는 순찰무사들을 돌아보았다.

"너희들 혹시 잔백혈수라고 들어봤냐?"

무사들은 양추를 훑어보고는 조롱하듯 떠들어댔다.

"잔백혈수라는 놈이 있었나? 금시가 초문이오."

"외팔이에 다리까지 저는데다 상판까지 상했으니 삼잔말졸(三殘末卒)이라면 인정해 주겠소."

"크훗, 요즘 우리 사련회의 급여가 대폭 올랐다는 소식에 별별 떨거지들이 죄다 몰려왔는데 혹시 그런 놈이 아닌지 모르겠소."

애꾸 역시 절름발이에다 한쪽 손마저 불편해 보이는 청년이기에 대단치 않게 취급했다.

"인마, 조무래기는 차고 넘친다. 그래도 주변으로 사파 단체들이 속속 세워지고 있으니 그리로 가면 순찰무사 한자리는 얻을 수 있을 것이다."

"네 직급이 순찰조장이냐?"

"그렇다. 난 순찰초장 장백으로……."

빠악!

안면에 주먹이 적중된 장백은 악 소리도 지르지 못한 채 혼절해 삼 장 밖으로 나동그라졌다.

양추는 자리를 절며 골짜기 안으로 들어섰다.

“새끼, 네놈에게는 조장 자리도 과하다.”

순찰무사들은 급히 폭죽을 쏘아 올리고는 청년을 막아섰다.

“멈춰라! 네놈이 감히 장백 조장을 쓰러뜨려?”

“감히 사련회를 건드렸으니 네놈은 이제 죽은 목숨이다.”

양추는 귀찮다는 듯 소매를 흔들었다.

“꺼져!”

순찰무사들은 고통스런 비명을 지르며 나자빠졌다.

이때 폭죽 소리를 듣고 출동한 사련회 무사들이 속속 골짜기 입구로 내려섰다. 뒤이어 당도한 사련회 총령 철웅이 대뜸 소리쳤다.

“네놈은 누구냐? 혹시 무적궁의 첩자냐?”

“요즘 첩자는 이렇게 광고하고 다니나 보지?”

“그렇다면 뒈지고 싶어 환장한 놈이냐?”

“뒈지고 싶은 놈이 이렇듯 깊은 산까지 찾아왔겠냐?”

“이 새끼, 사련회를 침범한 이상 죽어야 한다.”

철웅은 커다란 주먹을 힘껏 내질렀다.

양추 역시 권법으로 응수했다.

퍼엉!

일진 폭음이 터지며 두 사람은 각기 세 걸음씩 물러섰다.

철웅은 명색이 사련회 이인자로 사파 무림계에서는 제법 이름이 알려진 존재였다. 한데 불청객과 평수를 이루자 차존심이 크게 상했다.

"새끼, 한 권법 하는군."

"무공이 제법 뛰어난 것을 보니 졸개는 아니로군. 직급이 어떻게 되느냐?"

"이놈아, 나는 사련회의 총령 철웅이다. 강호에서는 호천철군(虎天鐵君)으로 불린다."

철웅이 신분을 밝히자 양추는 건성으로 포권을 취했다.

"호천철군은 몰라도 호천철사라면 들어본 적이 있소. 나는 사파연맹의 주역이 되고자 멀리 호남에서 찾아온 잔백혈수 양추요."

"뭐야? 적이 아니란 말이냐?"

"순찰조장 되는 놈이 다짜고짜 시비를 걸어오기에 한 방 갈겨주었을 뿐인데 오해가 생긴 것 같소. 적당한 직급을 준다면 사련회의 일원이 되고 싶소."

철웅이 일단 상대가 적이 아니라는 사실에 안도했다. 잠시 전 일초 권법 대결에서 외견상 평수를 이루었지만 그는 기혈이 들끓는 충격을 받았던 것이다.

그래도 자존심이 있기에 철웅은 주변이 수하들을 힐끗 살피고는 거만을 떨었다.

"우리 사련회는 아무 놈이나 수용하지 않는다."

"내가 아무 놈이 아님을 인정하지 않는 거요?"

"오냐, 일장을 한번 더 받아봐라!"

철웅은 기합을 외치며 쌍장을 내질렀다. 상대가 한 손이 불편한 몸임을 의식한 전력 승부였다.

양추는 오른손을 쳐들어 마주 장법을 발출했다.

"혈잔사인(血殘邪印)!"

붉은 기운이 어른거리더니 선명한 손바닥 자국이 허공에 새겨졌다.

퍼엉……!

요란한 폭음이 터지며 강력한 소용돌이가 주변을 휩쓸었다.

양추는 뒤로 크게 밀렸고 철웅은 한 걸음을 물러선 상태로 신형을 바로 세웠다. 나름대로 우위를 점했다는 자부심에 철웅은 호탕한 웃음을 터뜨렸다.

"카하핫, 확실히 아무 놈은 아니로군. 이만한 무공이라면 본 회의 일원이 되기에 충분하다. 순찰조장 자리를 주겠다. 급여는 은자 서른 냥. 이 정도면 아주 파격적인 조치다."

양추는 시답지 않다는 웃음을 흘리고는 돌아섰다.

"훗, 사련회 총령의 안목이 이 정도라면 몸담을 곳이 못 되는군."

철웅은 머리카락 한 올 없는 민대머리를 긁적이다가 얼른 달려가 양추를 가로막았다.

"이봐, 성질 한번 급하군. 갑작스럽게 자리를 만들 수는 없지 않은가?"

"사련회 부총령 자리라면 한번 생각해 보겠소. 그 밑이라면 나를 붙잡을 생각 마시오."

"뭐, 뭐야? 부총령?"

"만일 총령을 제외하고 나보다 센 놈이 있다면 즉시 물러나겠소."

양추의 당당한 요구에 철웅은 눈알을 데굴데굴 굴리다가 대꾸했다.

"그런 높은 직급은 내 권한 밖이다. 일단 회주를 찾아뵙고 네 능력을 인정받아야 부총령에 오를 수 있다."

"만일 회주가 내게 반해 총령 직위를 제수한다면 어쩌시겠소?"

양추의 은근한 위협에 철웅은 과장된 웃음을 터뜨렸다.

"카하핫, 양추! 네 기백과 기상이 참으로 가상하구나. 사파연맹의 중추를 맡을 우리 사련회의 부총령으로 적극 추천해 주겠다."

철웅은 양추의 어깨를 다독여 주고는 앞서 걸음을 옮겼다.

"따라오너라."

양추는 다리를 절며 느릿느릿 걸음을 옮겼다.

'훗, 간단하군.'

잔백혈수 양추의 진짜 신분은 다름 아닌 무불악이었다.

그는 사파연맹의 총수인 은월영을 제압할 목적으로 가짜 신분으로 사련회를 찾아온 것이다. 물론 자신이 신분을 밝히고 당당히 사련회를 방문할 생각도 있었지만 은월영이 행여 도주할 것이 우려되었다.

당장 은월영을 잡아 죽일 생각이 아니기에 사련회를 박살 낼 의도도 없었다.

'그럼, 슬슬 여우 사냥을 해볼까?

녹천수왕은 보기에도 우스꽝스러울 만큼 화려한 금포를 걸친 채 높은 옥좌에 앉아 있었다.

은사호리의 지시를 받고 사파연맹을 결성하는데 주도적인 역할을 맡게 된 이후 그의 위상은 급속도로 높아졌다. 그는 은사호리로부터 막대한 자금을 하사받아 고질적인 금전 문제 를 해결했기에 심사가 편했다.

나이 어린 계집을 상전으로 모셔야 한다는 사실이 배알이 꼴렸지만, 은사호리가 무공이나 지략, 심기 모든 면에서 그를 능가했기에 굴복할 수밖에 없었다.

고개 한번 숙여서 사파연맹의 이인자가 되었으니 손해 본 장사는 아니었다.

철웅의 보고를 받은 녹천수왕은 직접 무불악을 면담했다.

내전으로 들어선 무불악은 단상의 녹천수왕을 향해 간단 히 예만 표했다. 그러자 단하 좌우에 도열해 있던 육대당의 당주들과 향주들이 목소리를 높였다.

"어서 절을 올려라!"

"새끼, 모가지가 너무 뻣뻣하구나!"

"다리를 확 분질러 버린다!"

녹천수왕은 손을 쳐들어 수하들의 소란을 잠재우고는 위엄 있게 물었다.

"잔백혈수 양추라고 했더냐? 네놈이 감히 본좌를 능멸하는 것이냐? 네놈은 예법도 모르느냐?"

"회주, 사련회가 무슨 명문정파라도 되는 거요? 사파 집단에서 웬 예법 타령이오?"

"이… 이런 무지한 놈을 보았나? 아무리 사파라도 최소한의 도리와 절차는 있는 법이다."

"도리와 절차를 논한다면 그게 어디 사파요? 아무래도 내가 사련회를 잘못 찾아온 것 같군."

무불악은 조소를 흘리고는 몸을 돌렸다.

녹천수왕이 옥좌에서 벌떡 일어섰다.

"저… 저런 무도한 놈을 보았나!"

철웅이 그런 녹천수왕의 소매를 쥐고는 나직이 일러주었다.

"회주, 모처럼 쓸 만한 놈이 찾아왔는데 그냥 내칠 거요? 저놈 말대로 우리 사련회가 언제부터 예법과 절차를 중시했소? 솔직히 요즘 회주의 처신이 조금은 불만이오."

녹천수왕은 인상을 잔뜩 구겼다.

"놈이 정말 쓸 만한 놈이냐?"

"최근 들어 속하와 맞서 싸운 최강의 적수였소."

"그래?"

녹천수왕은 입맛을 쩍 다시고는 탁자에 놓인 술병을 집어 들었다.

"멈춰라, 이놈!"

그의 손에서 날아간 술병이 쏜살같이 무불악의 등 뒤로 파고들었다. 괴력이 실린 술병이기에 무시할 수 없는 공세였다.

한데 무불악은 손만 뒤로 뻗어 술병을 받아 쥐었다. 그는 술병을 흔들어 보고는 벌컥벌컥 들이켰다.

"카아, 좋군."

녹천수왕은 자신의 괴력이 깃든 술병을 거뜬히 받아냈다는 점에서 무불악의 무공을 높이 평가했다.

"카하핫, 과연 물건이구나. 오냐, 잔백혈수! 네게 사련회 부총령의 직위를 하사하겠다!"

3

악은 악과 통해서일까?

잠시 사련회에 몸을 담은 무불악은 출도 이래 처음으로 보금자리를 찾은 듯 심신이 편안했다.

사련회는 사파 집단답게 엄격한 규정이나 형식적인 예법이 철저하게 배제되었다.

　순찰당 소속무사들은 정해진 구역을 순시하는 임무 외에
는 자유롭게 나다니며 적당한 약탈과 갈취가 허락되었다. 다
른 당 소속 무사들도 각기 임무가 부여되었지만 반드시 달성
해야 하는 것은 아니기에 진도가 무척 느렸다.

　사련회 무사들은 매월 급여를 받는 대신 병기 구입이며 옷
은 스스로 마련해야 했다. 또한 하급 무사들은 식사 때마다
식비도 지출해야 하기에 흥청망청 먹어댈 수도 없었다.

　무불악은 부총령의 신분이기에 개별 숙소가 주어졌지만
워낙 허술한 건물이라 비가 내리면 침소며 거실로 빗물이 흘
러들었다.

　과거에 누군가 살면서 수리하지 않았기 때문인데 무불악
역시 수리할 생각이 전혀 없기에 그대로 두었다.

　적당히 게으를 수 있고 적당히 지저분한 곳.

　그런 집단이 사련회이기에 무불악은 아주 잠깐이지만 사
련회를 접수해 자신의 세력으로 만들까 하는 생각도 해보았
다.

　하지만 조직 관리는 그의 생리에도 맞지 않으며 수하들을
챙겨주고 세력을 확장하는 등의 일상이 짜증스러워 다시는
생각지 않았다.

　그는 은월영이 나타나기를 기다리며 며칠을 보냈지만 은
월영의 모습은 전혀 보이지 않았다.

　그가 총령인 철웅에게 슬쩍 물어보니 은월영은 사파연맹

의 맹주 신분이라 누구도 정확한 소재를 모른다고 했다. 다만 총단 확보를 위한 전쟁이 조만간 전개될 것이라고 하였다.

사파연맹 총단.

나름대로 거대한 규모로 창건되어야 하기에 엄청난 시간과 자금이 필요하다. 사파 무림에서는 총단을 창건하기 위한 어떤 노력도 하지 않고 있었다.

그도 그럴 것이 그들은 스스로 노력해서 만드는 것보다 훨씬 쉬운 방법을 택해서 살아온 자들이었다.

바로 기존에 있는 것을 빼앗아 자신의 것으로 만드는 것이다.

사련회를 비롯한 사파의 목표는 아주 간단했다.

무적궁을 와해시키고 그 자리에 사파연맹을 세우겠다는 야심찬 계획이었다.

녹천수왕은 향주 급 이상의 수뇌 급들을 대전으로 소집했다.

"마침내 맹주의 진격 명령이 하달되었다. 오늘이 천투무적의 제삿날이다. 우리 사련회가 사파연맹 창건의 주역이 되기 위해서는 가장 먼저 무적궁 정문 앞에 이르러야 한다. 무적궁 놈들을 교란시키기 위해 사전 공략이 필요하다."

녹천수왕이 턱짓을 해보이자 철웅이 계단 위로 올라서며 지시를 내렸다.

"우리 사련회는 세 방향으로 진격한다. 제일진은 회주께서 직접 지휘해 그동안 무적궁을 등에 업고 횡포를 부리던 양류장(楊留莊)을 격파해 무적궁으로 향한다. 제이진은 내가 이끌고 무적궁이 관장하던 전장과 표국을 접수한다."

철웅은 무불악에게 시선을 돌렸다.

"제삼진은 부총령이 이끌고 무적궁 안서지부를 격파할 것이다."

무불악이 권태로운 눈빛으로 물었다.

"총단만 박살 내면 그뿐이지 조무래기들은 무엇 때문에 제거하는 거요?"

"무적궁을 우습게 보지 마라. 명색이 당대 최강인 일성쌍궁에 해당되는 거대 문파다. 일단 수족부터 잘라놓아야 한다. 이는 내 생각이 아니라 맹주의 지시이니 복종해야 한다."

"알겠소."

무불악은 절뚝거리며 대전 입구로 향했다.

"지부 정도면 나 혼자로도 충분하겠군."

최하 백 명의 무사가 포진해 있는 지부를 단신으로 접수하겠다는 호기에 사련회 수뇌 급들은 황당한 모습으로 서로를 돌아보았다.

"얼씨구, 부총령이 지금 제정신이야?"

"저건 자부심이 아니라 객기라고."

"지가 무슨 천하무적이라도 되는 줄 아나 보지?"

녹천수왕이 옥좌의 팔걸이를 치며 벌떡 일어섰다.

"닥쳐라! 모두들 부총령의 호기를 본받아야 한다! 녹야당주는 당장 부총령을 지원해라!"

"예, 회주!"

녹야당주는 소속 향주들을 대동해 대전을 나섰다.

녹천수왕은 단하로 내려섰다.

"출동이다!"

4

다각다각……!

한 필의 말이 무적궁 안서지부 앞에 이르렀다.

지부에서도 이미 첩보를 입수했는지 무사들이 정문과 망루 위를 철통같이 지키고 있었다.

말에서 내려선 무불악이 안서지부 무사들에게 다가섰다.

"나는 사련회의 부총령이다. 안서지부는 내가 접수하겠다. 뒈지기 싫으면 모두 꺼져라."

안서지부 무사들은 웬 미친놈인가 싶어 황당한 눈빛으로 무불악을 연신 쓸어 보았다.

그들 입장에서는 충분히 그럴 만했다. 무적궁의 지부라면 웬만한 소문파보다 막강한 전력을 지녔다. 한데 단신으로 찾아온 사파 무사가 혼자서 접수하겠다고 공언을 했으니 누가 그 말을 곧이 듣겠는가?

수비조장이 신경질적으로 내뱉었다.

"미친 새끼, 감히 어디를 찾아와서 행패야? 적당히 밟아서 내다 버려라!"

"예, 조장."

무사 두 명이 무불악에게 다가섰다.

"새끼, 정신 바짝 차리게 만들어주겠다."

대뜸 주먹과 발길질이 날아들었다.

무불악은 파리를 쫓듯이 소매를 저었다. 강기에 튕겨진 무사 둘이 정문 수비대와 뒤엉켜 쓰러졌다.

"아이쿠!"

"커억, 엄청난 고수다!"

수비조장은 비로소 무불악의 높은 무공을 실감했다.

"진짜 사련회 놈이다! 경종을 울리고 당장 놈을 공격해라!"

안서지부 무사들은 제각기 병기를 뽑아 들고 달려들었다.

"쳐라!"

"놈은 혼자다!"

무불악은 무사들의 공격을 무시한 채 정문으로 향했다.

"조무래기들은 귀찮다. 지부장 되는 놈 어서 나오라고 해라."

퍼퍼펑─!

공격에 나선 무사들은 강력한 호신강기에 튕겨 족족 나가

둥그라졌다.

이때쯤 녹야당주가 이끄는 사련회 무사들이 당도했다.

무불악이 간단히 정문 수비대를 격파하고 지부 안으로 들어가자 녹야당주는 혀를 내둘렀다.

"휘유, 엄청나군. 실제 무공이 총령보다 훨씬 센 것 같다."

녹야당주는 나름대로 공을 세울 기회다 싶어 수하들을 대동해 지부 안으로 뛰어들었다.

"무적궁 놈들을 모조리 죽여라!"

차차창―!

안서지부 곳곳에 격돌이 전개되었다.

순식간에 정문이 돌파당한 안서지부 무사들은 내원까지 밀렸다. 비로소 지부장이 향주 급들을 대동해 지원에 나섰다.

"더러운 사파 놈들! 감히 무적궁을 침범하고도 무사할 줄 알았느냐?"

무불악은 손가락만 까딱거려 지부장을 불러들였다.

"네놈이 대가리냐? 어서 덤벼라."

지부장이 철창을 뽑아 들고 다가섰다.

"네놈은 대체 누구냐?"

"사련회 부총령."

"부총령? 네놈 따위가 나설 자리가 아니다!"

"틀린 말은 아니다. 네놈 따위가 나설 자리는 아니지."

"이놈!"

지부장은 현란한 창 그림자를 연출하고는 힘껏 찔러왔다.

무불악은 손을 들어 창날을 쥐었다. 단지 두 손가락으로 창날을 쥐었을 뿐이지만 지부장은 마치 바위 속에 창날이 박힌 듯 전혀 움직일 수가 없었다.

지부장은 일류고수답게 대번에 무불악의 높은 무공을 직감했다.

"이… 이럴 수가? 절세고수였단 말인가?"

도저히 상대가 되지 않는다는 것을 실감한 지부장은 창을 놓고 급히 도주했다.

"퇴각하라! 모두 퇴각해!"

무불악은 철창을 손에 쥐고는 휙 내던졌다.

철창은 이십여 장을 가로질러 도주하는 지부장의 등판을 꿰뚫었다.

"으아악!"

지부장이 너무도 어처구니없이 절명하자 안서지부 무사들은 넋이 빠졌다. 미처 도주하지 못한 지부 무사들은 사련회에 의해 무참하게 난도당했다.

순식간에 안서지부가 접수되자 녹야당주는 흥분과 기쁨을 감추지 못했다.

"부총령, 진정 존경스럽소."

"지부를 접수했으니 이제 무적궁 총단으로 가자."

"아직 다른 곳의 전투가 끝나지 않았소. 이번 전투에 여덟 개 사파 집단이 동원되었는데, 다른 놈들이 무적궁의 수족을 모두 자르고 무적궁 정문 앞에 집결하려면 오후 나절은 되어야 할 것이오."

"그때까지 기다리자는 말이냐?"

녹야당주는 손을 비비며 은근하게 청했다.

"부총령, 무적궁 놈들은 그동안 재물을 상당히 갈취해 왔었소. 이왕 접수했으니 애들이 챙길 수 있도록 허락해 주시오. 부총령 몫도 속하가 책임지고 챙겨놓겠소."

무불악은 벌써부터 약탈을 벌이고 있는 사련회 무사들을 둘러보았다.

"새끼들, 염불보다는 잿밥에만 관심이 있었군."

무불악은 절뚝거리며 빈 전각으로 향했다.

"난 재물에는 관심이 없으니 반반한 계집이나 하나 잡아다 안채로 들여라."

"헤헤, 역시 부총령답게 고상하시구려. 사실 은자 나부랭이보다야 겁탈이 훨씬 짜릿하죠. 당장 대령합죠."

녹야당주는 음침한 웃음을 흘리고는 안채로 달려갔다.

무불악은 피식 실소를 흘렸다.

"겁탈이라… 그래, 그것을 즐겨본 지가 조금 됐군."

第三十七章
삼천 대 오백의 혈전

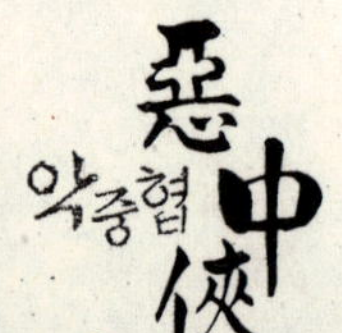

1

철컥철컥……!

청동 빛 피부에 호신갑마저 착용되자 그는 마치 동신철골처럼 견고해 보였다. 그는 커다란 체구는 아니었지만 워낙 다부진 체격인데다 눈빛이 강렬해 신위가 대단했다.

그는 일곱 자 길이의 장도를 어깨에 걸치고는 전각을 나섰다.

노인은 나이 쉰 줄을 훨씬 넘겼지만 주름이 전혀 없고 아직 머리카락 한 올 세지 않았기에 사십대 중년으로 보인다.

그가 바로 무적궁의 궁주인 천투무적 뇌천후(雷天侯)였다.

본래 그는 용병 출신으로 야망이 대단한 사람이었기에 무

적궁을 세워 천하를 호령하는 절대자의 반열에 오르게 되었
다.

산동과 안휘의 접경지에 세워진 무적궁은 전통의 명문 거
파들의 영향력이 미치지 않는 중원 동부를 장악하는데 별반
어려움이 없었다.

더군다나 그들은 창건 초기에 녹림과 사파들을 주로 공격
해 재물을 확보하고 근거지를 마련했기에 평판도 비교적 좋
은 편이었다.

무적궁의 현 관할 지역은 산동성을 위시해 하남, 안휘, 강
소 등 사개 성에 미친다. 근 십 년 이래 무적궁은 별다른 저항
없이 중원 동부를 장악해 왔다.

한데 실로 오랜만에 천투무적 뇌천후가 직접 출동해야 하
는 대사건이 발발한 것이다.

무적궁은 묵단산의 가파른 산세를 계단식으로 깎아 창건
했기에 거대한 요새를 방불케 했다.

궁주의 거처인 최상단의 망루에 올라서면 묵단산 일대가
한눈에 내려다보이기에 개미들의 이동까지 관찰할 수 있을
정도였다.

뇌천후가 망루로 올라서자 미리 당도해 있는 수뇌들이 정
중히 예를 올렸다.

"궁주를 뵈옵니다."

무적쌍상인 좌상과 우상, 사전육각의 수뇌들, 그리고 소궁 주인 악붕투권 뇌진표가 그들이었다.

뇌천후는 망루 난간에 서서 묵단산 평원을 내려다보았다.

넓은 평원에는 무려 이천여 명에 달하는 사파연맹 소속 무사들이 바글거렸다. 멀리서 달려오고 있는 무리들까지 모두 합치면 삼천 명은 족히 넘을 것 같았다.

사파의 무리들이 이렇듯 대규모로 결집되는 것은 이십 년 이래 처음이었다.

뇌천후가 건조한 어조로 한마디 내뱉었다.

"버러지들이 많이도 왔구나."

사파연맹의 엄청난 수효도 역전의 용사인 그에게 전혀 위협이 되지 않았다.

뇌진표가 다소 불만 어린 모습으로 말했다.

"아버님, 저런 추잡한 놈들을 본 궁의 영지로 들였다는 것만으로 치욕입니다. 역시 각 지부와 우호 세력들을 지원해 사전에 격파했어야 옳았습니다."

"어리석은 녀석, 너는 조호이산지계(調虎離山之計)도 모르느냐?"

"예에? 조호이산지계라시면……."

"호랑이를 움직여 산을 떠나게 만든다는 계책이다. 사파연맹의 맹주란 자는 본 궁의 휘하 세력을 대거 공격해 본 궁의 정예들을 빼내려 한 것이다. 이 아비가 그런 하찮은 계책에 놀아나야 되겠느냐?”

뇌진표는 비로소 상황을 파악했지만 자신의 아둔함을 무마하기 위해 얼른 변명했다.

“아버님, 소자도 조호이산 계책은 알고 있습니다. 하지만 본 궁의 정예들을 지부와 우호 문파로 파견했다면 놈들을 각개격파할 수 있었기에 드리는 말씀입니다.”

“사파의 버러지들이 감히 본 궁을 침범했다면 나름대로 승산이 있다는 계산이 섰기 때문이다. 그렇다면 섣불리 움직여서는 안 된다. 네 말대로 본 궁의 영지에 사파 버러지들의 진입을 허용한 것은 분명 치욕이지만 지금은 잠시 참아야 한다. 지금의 치욕은 열 배 백 배로 갚아줄 수 있으니까.”

뇌천후는 평생을 싸움판에서 살아온 용병답게 승패에 대한 감각이 탁월했다.

싸움이 벌어지면 강자가 이기는 게 순리이지만 막상 뚜껑을 열어보면 오히려 약자가 강자를 이기는 경우도 상당수 있다.

강한 자가 이기는 것이 아니라 이기는 자가 강한 자다!

그것이 바로 용병계의 철칙인 것이다.

뇌천후가 우호 무림세가들과 지부들의 간곡한 지원 요청을 거부한 것은 냉혹한 승부사의 기질을 지녔기에 가능했다.

지금의 대결이 단순한 세력권 다툼이 아니라 자파의 사활이 걸린 상황이기에 그는 수족이 잘라지는 아픔을 감내했다.

그에게 중요한 것은 눈앞의 승부이지 세상의 평판이 아니었던 것이다.

총단 내의 무적궁 전사들은 오백 남짓.

사파연맹은 삼천여 명.

수적으로 무려 여섯 배나 차이가 나지만 싸움은 단순히 머릿수로 결정되는 것이 아니었다.

뇌천후는 성벽처럼 견고한 계단식 요새를 내려다보았다.

"육대의 각주들은 제일성채를 방어해라. 지시한 작전을 수행하면 놈들의 예봉을 꺾을 수 있을 것이다."

"예, 궁주님."

육대각주는 힘차게 복명하고는 망루를 내려갔다.

뇌천후의 지시는 계속되었다.

"사대전주는 제이성채를 방어해라."

"존명!"

사대전주가 망루에서 내려가자 뇌천후는 아들을 돌아보았다.

"너는 오대호법을 대동해 선봉으로 나서라. 적당히 싸우다가 퇴각해 놈들을 제일성채로 끌어들여라. 계책이 성공하면 네 공이다."

호전적인 성격인 뇌진표는 비록 계책이라 해도 싸우다가 도주해야 한다는 것이 불만이었다.

"아버님, 좌우상만 내주신다면 버러지들을 모조리 쓸어버리겠습니다."

"지시에 따르라. 아직 놈들의 전력을 모르는데 어찌 경솔하게 나서려는 것이냐?"

부친의 엄한 모습에 뇌진표는 어쩔 수 없이 예를 올렸다.

"알겠습니다."

사파연맹의 팔대수괴들이 모두 한자리에 모였다.

그들은 견고한 요새인 무적궁을 올려보고는 떨떠름한 표정을 지었다.

"우라질 놈들, 대체 어떻게 저런 요새를 만들어놓은 거야?"

"이거 겁나서 어디 공격이나 제대로 할 수 있겠소?"

"차라리 놈들을 불러냅시다."

수괴들이 저마다 떠들어대자 팔대수괴의 총수격인 사련회주 녹천수왕이 점잖게 타일렀다.

"맹주의 치밀한 계책 덕분에 그동안 우리를 졸로 알고 있었던 무적궁의 우호 세력과 지부들을 격파하지 않았던가? 맹주께서 당도하시면 비책이 있을 테니 잠시 기다리게나."

그러자 수괴들은 사파연맹의 맹주가 당도할 때까지 원탁에 둘러앉아 대기했다.

사파연맹의 팔대세력 중 사련회의 규모가 가장 컸다.

육대당이 총출동했기에 숫자가 육백 명도 넘었다. 그들은

앞선 전투에서 두둑한 전리품을 챙겼기에 한결같이 사기가
앙양돼 있었다.

특히 안서지부를 마음껏 약탈한 녹야당 무사들은 부총령
을 철석같이 믿고 있었기에 이번 전투도 승리를 낙관하고 있
었다. 안서지부를 손짓 하나로 격파한 부총령의 무공은 그들
에게 있어 경이였던 것이다.

무불악은 철웅과 나란히 서서 무적궁을 바라보고 있었다.

철웅은 무적궁의 위용에 찬 축조물을 보고는 연신 분통을
터뜨렸다.

"부총령, 무적궁이 어떻게 저런 요새를 세웠는지 아는가?
저 새끼들이 우리 사파 제자들을 제압해 노예처럼 부려먹은
것일세. 저 견고한 성채는 우리 사파인들의 통한과 눈물이라
할 수 있지."

"그래도 보기는 좋군. 저곳을 점거해 사파연맹의 총단으로
삼겠다는 발상 자체가 대단해."

"그렇기는 하네. 사실 그 누가 무적궁을 침공할 엄두를 내
겠는가? 맹주께서는 정말이지 지혜로운 분일세."

"내가 보기에는 교활한 계집이요."

"뭐, 뭐야?"

철웅은 주변을 살피고는 음성을 낮추었다.

"자네 죽고 싶어 환장했나? 맹주는 예쁘고 지혜롭지만 아
주 냉혹한 심성의 소유자일세. 말 삼가게나."

“한데 왜 이렇게 안 오는 거요? 지루해 죽겠구먼.”

“곧 당도할 것이네.”

한데 이때였다. 운집된 사파 무사들 뒤편에서 환호성이 울려 퍼졌다.

“와아아!”

“맹주께서 당도하셨다!”

“어서들 물러서라!”

삼천여 무사가 좌우로 갈라졌다.

십여 명의 녹의인이 안으로 달려왔다. 녹색 장포를 걸친 세 노인이 길을 열었고 뒤로 교자를 멘 네 명이 따랐고 사인교 주변은 여덟 명이 경호했다.

교자 주변은 망사 휘장이 둘려져 있어 약간의 신비감이 느껴졌다. 누군가 타고 있는 게 보였지만 모습은 확실치 않았다.

사인교가 멈춰 서자 사파의 팔대수괴들이 정중히 예를 올렸다.

“맹주를 뵙소!”

그러자 교자의 휘장이 열리며 한 여인이 나섰다.

번들거리는 은색 피풍의로 두른 은의여인인데 은색 면사를 하고 있어 모습은 분명치 않았다. 여인은 면사 위로 드러난 피부가 깨끗했고 절로 눈웃음치는 실눈 주위가 주름 한 점 없이 팽팽해 젊은 나이로 짐작되었다.

그녀가 바로 근래 들어 사파 세력을 결집시킨 사파연맹의 신비로운 여맹주였다.

사파맹주는 오만하게 고개를 까딱거렸다.

"예를 거두세요."

그녀는 팔대수괴에게 세 명의 녹포노인을 소개했다.

"인사들 올리세요. 전설적인 오환잔사 중 세 분이세요."

팔대수괴들은 놀랍고도 반가운 심정에 연신 허리를 굽실거렸다.

"영광이외다, 선배들!"

"세 분께서 생존해 계실 줄은 몰랐소."

"세 분의 귀환은 우리 사파의 홍복이외다!"

녹포 노인들은 팔대수괴들의 예를 받고도 답례로 목례 한 번 취하지 않았다. 상당한 오만과 자부심이 묻어 나오는 태도였다.

오환잔사(五幻殘邪).

그들은 구대천마가 금마곡에 갇힌 이후 등장했던 사파 최강의 고수들이었다.

본래 그들은 개별적으로 활동하던 자들이었는데 공교롭게도 신체적으로 한 가지 결함이 있어 오환잔사로 불리면서 동료가 되었다.

만일 오환잔사가 우내삼기와의 대결서 패배해 물러나지 않았다면 지금쯤 사파 최고의 거두가 되었을 것이다.

이십여 년의 세월이 흘러 오환잔사 중 둘은 이미 죽었으며 세 명만 남았다.

애꾸 노인이 독목혈사(獨目血邪).

외팔이 노인이 잔비분사(殘臂分邪).

외다리 노인이 철각귀사(鐵脚鬼邪).

팔대수괴들은 전대의 사파 고수들까지 영입한 맹주의 수완에 새삼 감탄했다.

녹천수왕이 공손하게 청했다.

"맹주, 모든 것은 다 갖춰졌소. 하지만 무적궁이 워낙 견고한 요새라 공략이 정말 난감하오. 비책을 마련해 주시오."

사파맹주는 뒷짐을 지며 무적궁을 올려보았다.

"뭐 한 번이라도 싸워봤어야 비책을 세우지?"

"우리도 한번 겨루고 싶었지만 놈들이 통 나서지 않으니 어쩔 수가 없었소."

"천투무적은 생각 외로 음흉한 자예요. 지부와 우호 세력들이 죽어나가는 데도 지원 병력 한 명 보내지 않은 것을 보면 확실히 알 수 있어. 나중에 목을 베서 피를 만져보면 알겠지만 아마 피가 차가울 겁니다."

이때 독목혈사가 외눈을 번득이며 말했다.

"맹주, 우리가 나서서 성문을 박살 내겠소."

사파맹주는 사르르 눈웃음을 쳤다.

"세 분은 잠시 관망하세요. 본래 이런 일에는 졸개들이 앞서는 법입니다.”

한편 무불악은 사파맹주가 교자를 나서는 순간부터 지켜보고 있었다.

‘은사호리! 네년이 확실하구나!’

무불악은 사파맹주가 비록 면사로 얼굴을 가리고 있었지만 음색과 눈매로 미루어 은사호리임을 확신했다. 예전처럼 노출이 심한 옷차림이 아니었지만 옷차림이야 바뀔 수 있기에 문제될 게 없었다.

한운지가 화혈독비의 극독에 중독되었을 때만 해도 은사호리가 눈앞에 있었다면 찢어 죽였을 그였지만, 한운지와 결별한 상태라 그런지 격한 분노는 피어오르지 않았다.

‘당장 불여우를 제압하려면 조금은 골치 아프겠군.’

무불악이 아무리 무공이 절세적이라 해도 삼천여 무사들과 사파 최고 수뇌들이 운집한 상태에서 은사호리를 제압하기란 사실상 불가능했다. 더군다나 천마혈경을 수련한 은사호리 역시 만만한 상대가 아님을 인지해야 했다.

‘좋아. 잠시 더 지켜보자.’

그는 사실 사파연맹과 무적궁의 격돌에는 별반 관심이 없었다. 하지만 잠시 사련회의 일원이 되어 지내면서 편안함에 젖을 수 있었기에 무적궁보다는 사파연맹에 호감을 갖게 되었다.

물론 이런 감정은 은사호리와는 전혀 무관했다.

이때 굳게 닫혔던 무적궁의 성문이 열렸다.

그그궁……!

무적궁 전사들 오십여 명을 이끌고 나선 사람은 다름 아닌 뇌진표였다.

뇌진표는 적당한 거리를 두고 멈춰 선 채 외쳤다.

"사파 버러지들은 들어라! 당장 물러가지 않으면 한 놈도 살아남지 못할 것이다!"

사파맹주는 팔대수괴들을 둘러보다가 녹천수왕에게 시선을 고정시켰다.

"사련회에서 놈을 제압하세요."

"알겠소, 맹주."

녹천수왕은 맹주의 두터운 신임을 새삼 인식하고는 철웅과 무불악을 호출했다.

"너희는 당장 출동해 뇌가 놈을 제압하라. 너희가 무적궁 토벌의 제일공신이 될 것이다."

철웅은 공을 세울 기회다 싶어 힘차게 복명했다.

"존명!"

자신의 존재를 각인시켜 주기 위해 철웅은 사파맹주와 삼환잔사에게도 차례로 예를 올렸다. 반면 무불악은 잠시 사파맹주를 직시하다가 목례조차 취하지 않고는 돌아섰다.

사파맹주는 아미를 살짝 찡그렸다.

'저 자식 보게? 나를 보는 눈빛이 건방지군. 가만, 그리고

보니 생소한 눈빛은 아니야.'

그녀는 관자놀이를 문지르며 기억을 더듬었지만 얼굴에 흉터가 있는 절름발이에 대한 기억을 전혀 떠올릴 수 없었다.

'아닌가? 내가 한번이라도 제대로 보았다면 확실히 기억하는데 놈에 대해서는 전혀 모르겠군.'

사실 그녀는 자신의 역량과 두뇌에 대해 자부심이 상당한 여인이었다.

천사혈뇌의 후계자.

그녀는 바로 은사호리 은월영이었던 것이다.

신기자의 비밀 동부를 찾아내 막대한 보물을 손에 넣은 그녀는 사련회를 중심으로 사파연맹을 결속시켜 당당히 사파연맹의 맹주로 등극할 수 있었다.

물론 아직 명목상에 불과했기에 세상으로부터 확실하게 인정을 받기 위해서는 무적궁을 격파하고 그 근거지에 사파연맹의 총단을 세워야 했다.

그녀는 여러 날에 걸쳐 무적궁의 수족을 끊을 계획을 꾸미는 한편 사파 세력들의 결집을 유도했다.

결국 그녀는 삼천여 명에 달하는 사파연맹을 탄생시켰고 무적궁과의 건곤일척 승부를 목전에 두게 되었다.

사실 그녀는 무적궁에서 각 지부로 지원군을 파견할 것에 대비해 매복을 숨겨 두었지만 이런 계책은 성과가 전혀 없었다. 그녀의 조호이산지계를 무적궁주가 간파한 것이다.

그 바람에 철옹성 같은 요새 무적궁을 공략하기가 더욱 어려워졌다.

솔직히 은월영도 이런 상황에서는 무적궁을 격파할 묘책이 없었다.

무적궁의 지형상 삼천여 무사들이 일시에 공격에 나설 수도 없는 상황이기에 전면전이 전개되면 엄청난 피해와 파괴를 감수해야 했다.

하지만 무적궁이 철저하게 파괴되면 총단을 세울 근거지가 사라지는 것이고, 사파연맹의 피해가 극심하면 다시 세력을 결집하는데 많은 시간이 소요된다는 게 은월영의 고민이었다.

이런 상황에서 천투무적이 아들을 내보냈다.

은월영은 그 저의를 파악하기 위해 직접 나서지 않고 사련회에게 일임한 것이다.

무불악과 철웅은 이개당에 소속된 수하들 이백여 명을 이끌고 뇌진표와 대치해 섰다.

뇌진표는 사파 무사들을 하찮게 취급했기에 무불악과 철웅을 쓸어 보고는 장도를 뽑아 들었다.

"귀찮으니 한꺼번에 덤벼라, 버러지들아!"

철웅이 벌겋게 달아올라 성큼성큼 앞으로 나섰다.

"부총령은 보고만 있게. 내 저 새끼 혓바닥을 뽑아버리겠네."

철웅은 등에 교차해 멘 두 자루 도끼를 손에 쥐고는 바람개비처럼 휘둘렀다.

"뒈져라, 어린 새끼!"

두 사람은 절정 급에 이른 고수들이었지만 마치 하류 잡배들처럼 사전 탐색도 없이 대뜸 격돌했다.

차— 차창!

병기끼리 충돌하며 불꽃이 번쩍거렸다.

두 사람은 격돌할 때마다 갖은 욕설을 퍼부었다. 본래 다혈질인 철웅은 극도로 분노해 몸을 사리지 않고 마구잡이로 도끼를 내리쳤다.

차차창—!

십여 초가 넘어서자 뇌진표가 조금씩 밀리기 시작했다.

한껏 기세가 오른 철웅이 더욱 세차게 뇌진표를 몰아붙였다.

"어린 새끼, 벌써 지친 것이냐?"

도끼날이 허공을 가르며 뇌진표의 어깨를 스쳤다.

"젠장!"

약간의 부상을 당한 뇌진표는 성문을 향해 도주했다.

"두고 보자, 대머리!"

뇌진표가 패퇴하자 철웅은 두 당주와 함께 추격에 나섰다.

"놈을 추살하라!"

사련회가 초반에 승세를 잡자 녹천수왕을 제외한 사파의

수괴들은 몸이 달았다.

"진격하라!"

"성문이 열려 있다! 모두 뛰어들어라!"

수괴들이 다투어 외치자 사파연맹 무사들이 대거 성문과 방벽을 향해 달려들었다. 수천 명이 동시에 진격하는 기세는 마치 해일처럼 엄청났다.

뇌진표가 활짝 열린 성문을 통해 도주하자 철웅과 두 당주를 비롯한 사련회 무사들이 줄지어 뛰어들었다.

무불악은 뭔가 석연치 않았지만 겨우 살아난 사파연맹의 사기를 꺾고 싶지 않아 그냥 지켜보기로 했다.

'뭐 잘못돼도 내가 속상할 일은 없으니까.'

사련회에 이어 다른 집단의 무사들도 정문 진입을 위해 달려왔다.

이 순간 방벽 위에서 무수한 화살과 암기가 발사되었다.

피피핑―!

소나기처럼 쏟아지는 화살과 암기 세례에 사파연맹 무사들은 더는 접근하지 못하고 뒤로 물러섰다. 이 순간 성문 위에서 육중한 창살문이 떨어져 내렸다.

쿠우웅……!

성문은 열려 있지만 창살문으로 인해 무적궁 내로 뛰어든 사련회 이백여 무사들은 독 안에 든 쥐 신세가 되었다.

방벽을 통해 처절한 비명 소리가 연이어 울려 퍼졌다.

"으아악!"

"크악!"

높은 방벽 때문에 상황이 어떻게 전개되고 있는지는 전혀 알 수 없었다. 폭음과 금속성은 오래도록 계속되었다. 이윽고 소란이 잦아들면서 비명성도 그쳤다.

뇌진표가 성문 위의 성루에서 모습을 드러냈다.

"카하핫! 사파 버러지들아! 첫 번째 선물이다!"

뇌진표는 철웅과 두 당주의 수급을 성문 앞으로 내던졌다. 이어 사련회 무사들의 시체가 연이어 방벽 밖으로 떨어져 내렸다.

몰살.

무적궁 안으로 뛰어든 이백여 무사들이 모두 죽은 것이다.

이를 지켜본 사파연맹 무사들은 하얗게 질리고 말았다. 줄어든 머릿수는 전체 숫자에 비해 십분지 일도 되지 않았지만 기세 좋게 뛰어든 무사들이 몰살을 당했기에 너무도 충격적이었다.

그그궁……!

창살문이 위로 올려지며 성문은 개방되었다.

하지만 사파연맹 무사들은 누구 하나 먼저 뛰어들 생각을 하지 못했다. 단 한 차례의 싸움으로 전의가 꺾인 것이다.

팔대수괴는 난감한 표정으로 은월영을 바라보았다. 절묘한 계책으로 무적궁을 격파해 주기를 바라는 심정이 간절

했다.

은월영은 중대한 난관에 봉착하자 내심 초조했다.

'젠장, 천투무적은 역시 타고난 싸움꾼이야. 이기기 위해서는 어떤 비난도 서슴지 않을 늙은이이지.'

모두의 시선이 자신에게 집중되자 은월영은 무적궁 안으로 뛰어들지 않은 무불악을 가리켰다.

"사련회주, 저자는 대체 누구예요?"

"예, 본 회의 부총령이오."

"사련회에 저런 자가 있었던가?"

"사실 수일 전에 새로 입문한 녀석이오. 성격은 더러워도 무공이 쓸 만해 전격적으로 부총령에 앉혔소."

"수일 전이라고? 놈의 이름이 뭐예요?"

"잔백혈수 양추라고 하는데 호남 출신이라 하오."

은월영은 실눈을 가늘게 떴다.

"양추라고? 잔백혈수라는 별호도 들어본 적이 없는데?"

"철웅과 맞먹는 실력자였소. 게다가 이번에 안서지부 침공 때 손짓 한번으로 수비대를 궤멸시키고 단 일 초에 지부장을 죽였다고 했으니 하수는 확실히 아니요."

"수상쩍은 놈이로군. 당장 놈을 무적궁 내로 진입시켜요."

"맹주……? 부총령마저 죽이려는 것이오?"

"어쩌면 저자가 우리 사파연맹을 구원해줄 수도 있어요. 지금 당장 필요한 것은 전의를 되살리는 길입니다. 이번에 무

적궁을 격파하지 못하면 오히려 사파연맹이 저들의 반격을
받아 지리멸렬될 겁니다.”
　녹천수왕은 한쪽에 서 있는 삼환잔사를 힐끗 보았다.
　“세 분이 선봉에 나서준다면…….”
　“삼대 태상호법은 천투무적을 죽일 때나 나설 분들이세요.
당장 저자를 무적궁 내로 진입시켜요!”
　은월영의 매서운 질책에 녹천수왕은 잔뜩 인상을 굳히며
무불악에게 다가섰다.
　오랜 세월 생사고락을 함께해 온 철응을 비롯해 이백여 수
하들이 몰살당했으니 그 역시 심사가 편할 리 만무했다. 그로
서는 부총령을 총령으로 삼아 사련회를 재편성할 의도였기에
정말 마음이 내키지 않았다.
　“부총령, 자네는 왜 철응과 함께 추살에 나서지 않은 것인
가?”
　“그러니까 내가 저들처럼 죽지 않았다는 게 불만이오?”
　“그게 아니라… 맹주가 자네에게 진입령을 하달했네.”
　무불악은 뒤편을 힐끗 돌아보았다.
　“저 불여우가 감히 누구한테 명령이야?”
　녹천수왕은 가까이 붙어서며 넌지시 말했다.
　“부총령, 정 내키지 않으면 조용히 물러서게나. 자네가 부
상을 당한 것으로 둘러대겠네.”
　“그럴 필요 없소. 내가 교두보를 확보할 테니 진입할 준비

나 하시오."

"뭐… 뭐야? 하면 자네 혼자 뛰어들겠단 말인가?"

"무적궁 하나 접수하는데 왜 이렇게 시간을 끄는 거요? 당장 진격 명령을 내리시오."

무불악은 절뚝거리며 성문을 향해 다가갔다.

은월영에게 돌아온 녹천수왕이 당황스런 표정을 지었다.

"맹주, 부총령이 교두보를 확보하겠다고 공언했소. 진격 명령을 내리라고 합디다."

은월영은 한심하다는 듯 조소를 흘렸다.

"호호, 부총령이 회주의 수하가 아니라 상전이로군? 어쨌거나 교두보를 확보하겠다니 무적궁 내로 진입할 수 있겠군. 당장 진격을 준비하세요."

"알겠소."

녹천수왕은 일곱 수괴들에게 맹주령을 전하고는 자신이 직접 사련회 무사들을 지휘했다.

한편 무불악은 혼자서 무적궁의 성문 앞에 이르렀다.

뇌진표가 성루 위에서 내려다보며 내뱉었다.

"카하핫, 사파 버러지들 중에서 그래도 너 같은 놈은 하나 있구나? 어서 들어오너라. 내가 직접 목을 따주겠다!"

무불악은 아무런 대꾸 없이 성문 안으로 들어섰다.

그그그긍—!

또다시 창살문이 내려지면서 퇴로를 봉쇄했다.

사파연맹 무사들은 바싹 접근했다가 성문이 창살문으로 봉쇄되자 질겁하며 뒤로 물러섰다. 참혹한 몰살을 목격한 그들에게는 창살문이 삶과 죽음을 가르는 지옥문이었던 것이다.

퍼ㅡ 퍼펑ㅡ!

창살문을 통해 요란한 폭음이 터져 나왔다.

단 한 명이 진입했으니 소란이 금세 끝나야 정상인데 폭음과 비명 소리가 그치질 않았다.

"으악!"

"크아악!"

비명 소리가 잠시 잦아들면서 창살문이 다시 위로 올라갔다.

그그긍……!

사파연맹 무사들은 어찌 된 영문인지 몰라 서로의 얼굴만 바라보았다.

이때 성루 위의 뇌진표가 비명을 지르며 도주했고 그 자리에 무불악이 내려섰다.

"뭣들 하는 거냐? 당장 진입해!"

무불악의 건재한 모습을 본 사파연맹 무사들은 비로소 몰살의 공포에서 벗어날 수 있었다.

"함정이 파괴됐다!"

"진격하라!"

팔대수괴를 비롯한 각 파의 수뇌들은 방벽을 걷어차며 뛰어올랐다. 무불악에 의해 성루와 방벽을 지키던 무적궁 상당수가 제거되었기에 암기 공세는 그다지 위협적이지 않았다.

"와아아아—!'

사파연맹 무사들이 대거 무적궁 내로 진입하면서 제일성채는 차례로 점거되었다.

무적궁은 계단식으로 축조되었기에 많은 숫자가 진입할 수 가 없었다. 팔대수괴는 각기 백여 명 정도의 정예만 선발해 무적궁 공략에 나섰다.

가장 아래쪽에 있는 제일성채가 함락되면서 무적궁의 전사들이 무려 이백여 명이나 죽었다.

제이성채의 전사들은 동료들이 죽어가는 모습을 보면서도 성문을 열어주지 않았고 지원에 나서지도 않았다. 이 모두가 무적궁의 냉혹한 전투 방식이었다.

무적궁 최상층 망루.

뇌천후는 제일성채가 점거되는 과정을 처음부터 끝까지 내려다보고 있었다.

단신으로 뛰어든 사련회 부총령이라는 자의 무공은 상상을 초월할 정도였다. 병기도 뽑지 않았고 오른손 하나만으로 팔대각주를 모두 날려 버렸다.

제일성채는 사실 부총령 혼자에 의해 점거된 것이나 진배 없었다.

　이를 지켜보는 와중에서 뇌천후는 바닥에 꽂아놓은 장도의 손잡이를 불끈 쥐었다가 손을 풀었다. 아직 그가 친히 나설 상황이 아니기에 감정을 자제한 것이다.

　제일성채의 함락은 중대한 위기였다.

　가파른 계단을 거쳐야 제이성채에 이를 수 있고 방벽은 견고했지만 제일성채에서 발사되는 무수한 화살 공세가 문제였다.

　피피핑―!

　제일성채의 방벽을 점거한 사파연맹 무사들은 제이방벽을 지키고 있는 무사들을 향해 계속적으로 화살을 쏘아댔다. 그런 와중에 공성 도구인 운제가 방벽에 걸쳐지면서 이백여 명의 무사들이 일시에 방벽 공략에 나섰다.

　은월영은 삼환잔사와 함께 성루에 서서 전투를 지켜보고 있었다. 그녀의 입가에 득의의 미소가 감돌았다.

　"오늘 밤은 무적궁에서 잘 수 있을 것 같아요."

　이때 녹천수왕이 호출을 받고 성루로 올라섰다.

　"맹주, 부르셨소?"

　"제일성채 점거에는 사련회의 공이 으뜸이었어요."

　"허헛, 과찬이시오."

　"한데 부총령이란 자는 왜 같이 오지 않았어요. 분명 대동하라고 지시를 내렸는데?"

"부총령은 전투가 끝난 후 찾아뵙겠다고 했소."

"뭐요? 감히 맹주의 명을 거역하겠다는 건가요?"

은월영의 눈매가 샐쭉해지자 독목혈사가 한마디 던졌다.

"고정하시게, 맹주. 본래 전투 중에서는 왕명도 통하지 않는 법일세. 우리 사파에 그런 걸출한 고수가 있다는 것이 가상하니 무적궁을 점거한 후 정식으로 치하를 하게나."

잔비분사와 철각귀사까지 나서 부총령을 비호하자 은월영도 더는 녹천수왕을 닦달할 수 없었다.

"좋아요. 마지막까지 최선을 다해 싸우라고 전해주세요. 내 친위사령으로 삼을 생각도 있으니까."

녹천수왕은 잔뜩 인상을 찌푸렸다.

"맹주, 부총령은 본 회의 유일한 재목인데 뽑아 가면 우리 사련회는 어쩌란 말이오?"

녹천수왕이 볼멘소리를 해대자 은월영이 가까이 다가서며 섬뜩한 미소를 흘렸다.

"녹천수왕, 많이 컸네. 다 쓰러져 가는 사련회를 구해줬더니 감히 내게 대들어?"

第三十八章
또 하나의 영웅은 가고

第三十八章

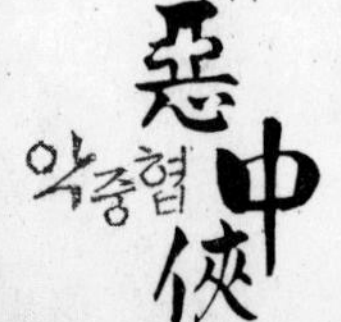

1

제이성채 함락.

사파연맹의 무사들이 무려 오백여 명이나 희생되었지만, 마침내 무적궁 제이성채의 성문이 돌파되었다. 무적궁 전사들 역시 심각한 피해를 입었기에 이제 생존한 무적궁의 전력은 제삼성채의 전사들 백여 명이 고작이었다.

어느새 날이 저물어 어둑어둑해졌지만 양측의 전투는 계속되었다.

팔대수괴들은 자파 무사들의 살상자가 워낙 많아 야간 전투를 원치 않았지만 은월영은 소름이 끼치도록 냉혹하게 전투를 독려했다.

　무불악은 제일성채 함락 때 놀라운 활약을 보여준 이후에는 굳이 앞서 나서지 않았다. 누가 이기든 그저 빨리 결판이 나기를 바랄 뿐이었다.

　한데 예상보다 전투가 길어지자 그도 슬슬 짜증이 나기 시작했다.

　무적궁은 겨우 제삼성채만 남긴 상태이기에 패배는 돌이킬 수 없는 상황이었다. 결과가 뻔하다면 지루한 공방전은 의미가 없었다.

　무불악은 높은 방벽을 밟고 뛰어올랐다.

　단숨에 제삼성채 방벽에 오른 무불악은 전사들 일부를 때려눕히며 방벽 너머로 내려섰다.

　그는 빗장을 치우고 성문을 활짝 열었다.

　"어서 진입해라, 이 굼벵이들아!"

　성문이 열리면서 제삼성채마저 순식간에 점거되었다.

　은월영은 비로소 삼환잔사를 대동해 무적궁주의 전용 연무장에 올랐다.

　연무장 주변 외곽으로 수백 개의 횃불이 밝혀져 있어 전혀 어둡지 않았다.

　연무장 한쪽에는 좌우상을 대동한 뇌천후가 서 있었다.

　평생의 기반인 무적궁이 점거되었지만 그는 별반 표정 변화가 없었다. 바닥에 깊이 박힌 장도를 손에 쥔 모습이 흡사 전신(戰神)의 상처럼 보였다.

가까이 다가선 은월영이 공손히 예를 올렸다.

"천투무적 궁주, 정말 유감이군요. 하지만 너무 애석해하지 마세요. 이 무적궁은 사파인들의 피땀과 통한 속에 축조되었으니까요."

"네가 사파연맹의 맹주로구나. 본 궁의 정보가 틀리지 않다면 너는 은사호리일 것이다."

"정확합니다. 그렇듯 잘 알고 계시니 굳이 얼굴을 가릴 필요가 없겠군요."

은월영은 얼굴을 가린 면사를 걷어냈다.

다소 앳돼 보이는데다 귀염성이 느껴지는 용모이기에 얼굴만 본다면 절대 사파의 총수감이 아니었다.

뇌천후는 은월영을 물끄러미 바라보다가 한마디 던졌다.

"생긴 것답지 않게 독한 계집이구나."

"호호, 칭찬으로 알아듣겠어요. 사실 사파나 흑도라고 해서 얼굴에 흠집이 나거나 눈매가 사나울 필요는 없지요. 세상의 인식은 바뀔 필요가 있습니다."

"어린 계집이 지나치게 영악하구나."

"세상을 경영하는데 나이는 중요치 않습니다."

"본좌는 아직 건재하다. 사파 버러지들의 승리를 장담하기에는 아직 이르다."

"패배를 자인하고 스스로 목숨을 끊으세요. 그러면 성심을 다해 장사를 치러 드리지요."

“발칙한 계집!”

뇌천후가 바닥에 박힌 장도를 뽑아 들었다.

번— 쩍!

벼락같은 도기가 날아들더니 은월영의 목을 댕강 잘랐다.

뇌천후는 칼끝에서 느껴지는 감각으로 자신이 벤 것이 허상임을 대번에 간파했다.

“호호호!”

간드러진 웃음과 함께 목이 잘린 은월영의 수급과 몸뚱이가 다시 합쳐졌다.

이를 뇌천후가 차갑게 내뱉었다.

“환마의 사술이로군.”

“뇌 궁주, 풀을 뽑으려면 뿌리까지 캐야 하는데 뇌진표가 보이지 않네요? 어디에 숨겼죠?”

“이미 전사했다.”

“아쉽군요. 내 손으로 직접 죽여주려 했는데.”

은월영은 밉살맞게 비아냥거리고는 뒤로 미끄러졌다.

“부탁드려요, 세 분 태상호법.”

삼환잔사가 다가서자 뇌천후 뒤에 서 있던 좌상과 우상이 앞으로 나섰다.

“네놈들은 우리가 상대해 주겠다.”

삼환잔사의 맏형 격인 독목혈사가 두 아우에게 턱짓을 해 보였다.

“천투무적은 내가 맡겠다.”

“알겠소, 대형.”

잔비분사는 좌상을, 철각귀사는 우상을 각기 상대했다.

한나절 동안 전투를 지켜보았던 그들이기에 한껏 전의가 팽배된 상황이라 사전 탐색은 필요없었다.

“차앗!”

“이엽!”

힘찬 기합성이 터지며 세 곳에서 동시에 격돌이 전개되었다.

백 명이 동시에 무공을 수련할 수 있는 넓은 연무장이었지만 초일류고수들의 격돌이기에 오히려 장소가 비좁을 정도였다.

무공 수위로만 평가한다면 잔비분사와 철각귀사가 한 수 위였지만, 무적궁의 좌우상은 천투무적과 함께 오랜 세월 용병계에서 잔뼈가 굵은 싸움꾼들이었다.

좌우상의 무공은 단조로웠지만 쾌속했고 매 초식이 효과적이라 사파의 두 거두를 상대로 접전을 벌이기에 충분했다.

반면 삼환잔사 맏형격인 독목혈사는 뇌천후를 상대하는데 다소 힘겨워 보였다. 더군다나 뇌천후의 칠 척 장도는 강력한 중병기이기에 병기끼리 충돌할 때마다 독목혈사는 기혈이 뒤틀리는 고통을 감내해야 했다.

“잔각섬추!”

　독목혈사는 천사혈류검법을 전개해 뇌천후의 하반신을 노렸다. 초일류고수들의 대결에서 하반신 공격은 극히 드물기에 뇌천후는 예상치 못한 기습이었다.

　그러나 당대 최고의 싸움꾼답게 뇌천후는 임기응변에 아주 능했다.

　뇌천후는 자신의 몸을 전혀 돌보지 않은 채 독목혈사를 향해 칠 척 장도를 내리쳤다.

　쐐애액—!

　산악이라도 쪼갤 듯 무시무시한 도기가 내리꽂혔다.

　독목혈사의 본래 의도는 기습으로 상대를 물러서게 만든 후 비장의 절기를 구사하려던 것이었는데 강력한 반격에 오히려 위기를 맞게 되었다.

　독목혈사는 공세를 중단하고 급히 검을 쳐들어 머리 위로 내리꽂히는 장도를 막아냈다.

　차앙—!

　날카로운 금속성이 터지며 독목혈사의 검이 동강났다.

　뇌천후의 칠 척 장도는 검을 동강 내고도 계속 내리꽂혔고 독목혈사는 팔과 몸통 일부가 베이는 부상을 당하고 말았다.

　“크으윽!”

　독목혈사는 피투성이가 되어 뒤로 튕겨졌다.

　뇌천후는 칠 척 장도를 눕혀 수평으로 휘둘렀다. 독목혈사의 목을 날려 버릴 기세였다. 이 순간 뇌천후의 머리 위에서

자색 기운이 어른거렸다.

"자전마강?"

뇌천후는 감히 경시하지 못하고 급히 몸을 틀며 장도를 올려쳤다.

퍼어엉……!

자색 기운이 흩뿌려지는 와중에 은월영이 내려섰다.

뇌천후가 드센 어조로 꾸짖었다.

"앙큼한 계집! 명색이 사파의 맹주로서 기습이나 일삼는 것이냐?"

은월영은 손목에 찬 팔찌를 환도로 변화시켰다.

"어머, 어린 계집이 두려운 마음에 기습을 가했기로 그렇게 노여워하십니까?"

"어서 덤벼라! 본 궁을 침범한 사파 놈들은 오늘 모조리 죽게 될 것이다."

"너무 지나치십니다, 뇌 궁주. 이번에 동원된 사파연맹은 무려 삼천여 명이나 됩니다. 그들 모두를 죽이면 뇌 궁주는 혈마보다 더한 살인자로 기록될 것입니다."

"본좌는 세간의 평판에 구애받지 않는다. 죽여야 할 자들이라면 삼천 명이 아니라 삼만 명도 죽일 수 있다."

"호호, 장하십니다. 그리된다면 무적궁이 아니라 살인궁으로 불리게 되겠군요."

은월영이 시종 놀려대자 좀처럼 격동하지 않던 뇌천후가

극도로 분노했다.

"이런 요사한 계집!"

쐐애액―!

칠 척 장도가 엄청난 기세로 날아들었다.

은월영은 환마의 신법 절기를 전개해 무수한 환영을 만들어냈다.

"호호, 섬뜩합니다, 뇌 궁주. 소녀는 연약한 계집이니 살살 다뤄 주세요."

상대의 약을 올려 감정을 폭발시키는 것도 전술의 하나였다. 은월영은 정상적인 대결로 뇌천후를 쓰러뜨리기가 쉽지 않기에 정면 승부는 최대한 피하면서 환영신보를 구사했다.

그러나 상대는 당대 최고의 싸움꾼인 천투무적이었다. 그는 정면 승부를 회피하는 자들을 어떻게 다뤄야 하는지도 잘 알고 있었다.

뇌천후는 두 손으로 칠 척 장도를 거머쥐고는 맹렬하게 회전했다.

"차아아!"

그의 무적절기 중 하나인 폭풍천선도법이었다. 강력한 도기가 급속도로 확산되었다.

콰― 콰쾅―!

연무장의 석판이 연이어 폭발했고 도기와 부딪친 모든 것이 박살났다. 도기의 확산 속도가 얼마나 빠른지 은월영은 몸을 피하기도 전에 도기에 휩싸이게 되었다.

"엄마야!"

은월영은 기겁을 하며 도마의 절기인 황천멸잔도법을 구사해 몸을 보호했다.

차차창—!

요란한 쇳소리가 연이어 울려 퍼지는 와중에 은월영의 환도는 산산조각이 났다. 박살난 환도의 파편이 은월영의 몸으로 파고들었다.

"아악!"

날카로운 비명과 함께 은월영이 뒤로 튕겨졌다. 한데 누군가 내려서며 그녀를 받아 안았다. 은월영이 올려보니 사련회의 부총령이었다.

은월영은 얼굴부터 매만졌다.

"내 얼굴 상한 거 아니지?"

"한심한 계집, 이런 와중에도 얼굴 타령이냐?"

무불악은 은월영의 몸에 박힌 파편이 우수수 떨어지는 것을 보고는 은월영이 호신보의를 착용하고 있었음을 알게 되었다.

"뭐야? 뒈질 것 같아 구해줬는데 멀쩡하잖아?"

무불악은 안고 있던 은월영을 바닥으로 팽개쳤다.

깜짝 놀란 은월영은 얼른 신법을 전개해 몸을 바로 세웠다.

"이 새끼야, 너 미쳤어? 감히 하늘 같은 맹주를 팽개쳐?"

무불악은 소매로 얼굴을 문질렀다. 역용약이 지워지면서 본래 모습이 드러났다.

"여우야, 오늘은 네년을 죽일 생각이 없으니 도망가지 마라. 만일 달아나면 무조건 죽을 줄 알아라."

비로소 상대가 무불악임을 알게 된 은월영은 하얗게 질려 주춤 물러섰다.

"무… 무불악? 네가 어떻게?"

"다시 경고하는데 도주하지 마라. 알겠냐?"

"……?"

영문을 알 수 없는 은월영은 잔뜩 미심쩍은 눈빛으로 무불악을 주시했다. 한데 이때였다.

"아악!"

"크헉!"

연이은 비명이 터지며 연무장 두 곳에서 벌어지고 있던 격전이 종료되었다.

결과는 동귀어진이었다.

무적궁의 좌우상은 목이 잘리고 몸이 쪼개지면서 즉사했다. 하지만 잔비분사와 철각귀사도 온전치 못했다. 두 사람은 좌우상이 죽기 직전에 내던진 병기에 관통되는 치명상을 입어 죽어가는 중이었다.

은월영은 믿었던 삼환잔사가 모두 쓰러지자 등줄기가 축축하게 젖어들었다. 어렵사리 설득해 끌어들인 삼환잔사 중 둘이 죽고 독목혈사마저 중상을 당했으니 무적궁의 저력은 상상 이상이었다.

비록 무적궁의 삼중 성채를 모두 돌파했지만 천투무적을 죽이지 못하면 여태까지의 승리는 무의미해진다.

그런 상황이기에 무불악의 존재가 너무도 절실하게 생각되었다.

'무불악, 제발 이겨라. 설사 죽게 되더라도 천투무적에게 치명상을 입혀야 한다!'

무불악은 걸음을 옮겨 뇌천후와 마주 섰다.

"천투무적! 과연 무적궁의 궁주답게 굉장해. 무엇보다 싸움질이 일품이오."

"계집이 너를 무불악으로 부르던데… 네가 바로 당대의 악당 사해천악이냐?"

"그렇소. 내가 바로 사해천악 무불악이오."

"네놈이 사파연맹과 한통속인 줄은 몰랐다."

"한통속은 아니고… 불여우에게 용무가 있어 잠시 사련회에 몸을 담고 있다 보니 이렇게 된 거요."

"이제야 본 궁의 제일성채가 한 놈에 의해 와해된 연유를 알겠구나. 네놈이 사파연맹에 가세한 줄 알았다면 본좌가 진작 나섰을 것이다."

"무적궁주, 이미 대세가 기울었으니 순순히 물러가는 게 어떻소? 지금은 내가 개입할 수밖에 없지만 다음부터는 내가 나설 일이 없을 거요.”

“닥쳐라! 네놈 역시 본 궁의 원수다! 너희 연놈을 한번에 동강내 주겠다. 어서 덤벼라!”

무불악은 은월영이 죽을 것 같아 막상 나서기는 했지만 천투무적과의 단독 대결은 자신이 없었다.

“여우야, 함께 싸울 생각은 없냐?”

은월영은 팔짱을 낀 채 생글생글 웃었다.

“미쳤어? 두 마리 호랑이가 싸우는데 내가 왜 끼어들어? 내가 바라는 최상의 결과는 양패구상이야. 천투무적과 사해천악을 참살한 위대한 사파연맹의 맹주! 호호, 생각만 해도 정말 즐겁다.”

“그래, 그것이 네년이 생각할 수 있는 한계지.”

무불악은 간장검을 뽑아 들었다.

“천투무적, 당신은 정말 재수가 없어. 내가 남의 일에 잘 개입하는 성격이 아닌데 정 원한다면 싸울 수밖에. 삼대천마를 죽인 내가 비겁하게 도주할 수는 없잖아?”

“덤벼라!”

“웬만하면 순순히 물러 가셔. 목숨이 붙어 있어야 재기를 노릴 수 있잖아?”

“개소리 마라!”

득달같이 달려든 뇌천후가 칠 척 장도를 내리쳤다.

막상 대결하게 되자 무불악은 부썩 호기가 치솟았다. 상대가 천하를 호령하는 절대자 중 한 사람이기에 자신의 무공을 평가해 보고 싶었다.

예전의 그는 독보신검과의 대결에서 간신히 일검을 받아낼 수 있었지만 검마와의 비무를 통해 거듭 성장했다. 게다가 검마가 하사한 백독신단을 복용한 이후 공력도 급증해 철마와의 단독 대결에서 승리할 수도 있었다.

지금의 무공이라면 천하 누구와 겨뤄도 패하지 않을 자신이 있었기에 본능적인 두려움을 떨쳐 내고 당당히 맞섰다.

"월성류!"

무불악의 은하성천검법은 최고조에 올라 최후 삼식 중 마지막 초식을 제외하고는 자유롭게 구사할 수 있었다.

차— 차창—!

간장검이 칠 척 장도와 충돌하면서 무불악은 기혈이 뒤틀리는 충격을 받고 뒤로 튕겨졌다.

"으와, 졸라 세군."

뇌천후는 자신의 칠 척 장도와 부딪치고도 멀쩡한 간장검을 보고는 비로소 보검임을 인식했다.

"네놈이 신검을 지녔구나."

"그래, 이 검은 전설의 신검인 간장검이다. 이런 검에 죽는 것도 영광이지."

"간장검이라, 너 같은 놈이 지니기에는 과한 보검이다."

"큭, 탐욕이 많군."

무불악은 훌쩍 솟구치며 검강을 발출했다.

"내 차례다!"

선명한 검형이 연이어 발출되며 지상을 향해 내리꽂혔다. 일시에 내리꽂히는 수십 개 검형의 위력은 산악이 무너지는 듯 압도적이었다.

뇌천후는 제자리를 지킨 채 힘차게 칠 척 장도를 휘둘렀다.

"이야아아!"

도기가 무수하게 교차되면서 허공에 그물 같은 방벽을 형성했다.

퍼퍼펑―!

잇단 폭음 속에 무불악이 작심하고 발출한 검강이 삽시간에 소멸되었다.

바닥으로 내려선 무불악은 짧게 숨을 들이켰다.

'과연 천투무적이로군. 독보신검에 비교해도 손색이 없는 절세고수다.'

뇌천후는 칠 척 장도를 비스듬히 눕혔다.

"실망이구나. 전대마왕을 둘이나 죽였다는 네놈의 무공이 고작 이 정도란 말이냐? 역시 풍문대로 네놈은 비열한 수법으로 마왕들을 죽인 게 분명해."

"어떻게 죽인 게 중요한 것은 아니지. 중요한 것은 내가 살아 있고 마왕들은 죽었다는 현실이다."

"오냐, 틀린 말은 아니다. 승부에서 중요한 것은 과정이 아니라 결과일 뿐이다.”

둥실 떠오른 뇌천후는 허공을 딛고 선 채 칠 척 장도를 연속적으로 내리쳤다.

“파천격!”

콰아아아—!

강력한 도강이 폭풍처럼 날아들었다.

엄청난 공력이 깃든 공세에 무불악은 이를 질끈 물었다.

“그래, 해보자고!”

무불악은 광명구양신공을 운기해 간장검에 주입시켰다. 혼신의 진기가 주입되면서 그와 간장검은 검신 일체를 이루었다.

“차아앗!”

무불악은 간장검을 앞세운 채 뇌천후를 향해 돌진했다.

검도 최상승 절기인 신검합일.

사위의 어둠을 일거에 쓸어버릴 눈부신 광채가 폭사되었다.

무불악은 신검합일을 전개해 뇌천후의 도강을 단숨에 돌파했다. 순간 뇌천후는 도강을 해소하고는 칠 척 장도를 앞으로 뻗었다.

번— 쩍!

도신합일이었다.

두 사람 모두 최고의 절기로 정면 승부를 걸었다. 한번 전개되면 중도에 피할 수 없는 외줄 승부.

도검이 교차하는 순간 무적궁 전체를 강타하는 굉음이 울려 퍼졌다.

콰— 콰쾅—!

어마어마한 격돌의 충돌로 연무장 일각이 주저앉았다.

"크윽……!"

"억……!"

답답한 신음성이 흐르는 가운데 두 사람은 심하게 파헤쳐진 바닥으로 나뒹굴었다. 외상보다는 내상의 충격이 엄청나 두 사람은 연신 피를 토했다.

뇌천후가 동강난 칼을 짚고 몸을 일으켜 세웠다.

"놈… 제법이구나."

간장검의 위력으로 칠 척 장도를 동강 낸 덕분에 무불악은 몸이 박살나는 위기를 모면할 수 있었지만 아직도 충격에서 헤어 나오지 못하고 있었다.

"크으윽, 젠장!"

그는 억지로 몸을 일으키려 했지만 다리가 풀려 몸이 제대로 말을 듣지 않았다.

칠 척 장도는 워낙 긴 칼이다 보니 동강났어도 웬만한 칼 정도는 되었다.

뇌천후는 동강난 칼로 무불악을 겨누었다.

"무불악, 네 나이를 감안하면 경이적인 무공 수위다. 그러나 이것이 네 한계다."

그는 무불악을 향해 힘껏 칼을 내리쳤다.

무불악은 주저앉은 채 자신의 몸이 쪼개지는 상황을 지켜볼 수밖에 없었다.

이 순간 뇌천후의 배후로 자색 기운이 어른거렸다.

"쓰러져라!"

은월영이 기습적으로 자전강기를 발출한 것이다.

뇌천후는 그대로 떠오르며 빙글 회전했다. 동강난 칼이 일도양단으로 기세로 허공을 갈랐다.

번― 쩍!

강력한 도기는 은월영의 몸통에 적중했다.

"아아악!"

은월영은 처절한 비명을 토하며 나가동그라졌다. 호신보의를 착용한 덕분에 허리가 동강나는 참살을 모면했지만 충격은 상당했다.

바닥으로 내려선 뇌천후의 눈에서 살기가 번득였다.

"이제 보니 신기자 은갑보의(銀甲寶衣)를 입었구나. 그렇다면 머리통을 쪼개주겠다."

이 순간 배후에서 무불악의 기합성이 들려왔다.

"차아앗!"

뇌천후는 반사적으로 몸을 틀며 동강난 칼을 휘둘렀다.

한데 날아드는 섬광은 두 줄기였다.

목과 허리를 동시에 노리는 혈영자의 절대적인 살인비기 전광삼분참.

뇌천후는 찰나지간 어느 쪽을 막아야 할지 갈등했다. 그것이 그가 살아생전에 겪은 마지막 갈등이었다.

퍼— 퍽!

무서운 살인비기는 뇌천후의 목과 허리를 동시에 동강냈다.

당대 최강의 절대자 중 일인인 천투무적 뇌천후.

무적궁의 궁주로 천하를 호령했던 일세 영웅이 허무한 최후였다.

사력을 다해 뇌천후를 참살한 무불악은 다시 한 모금의 피를 토하고는 바닥에 주저앉았다.

"헉헉… 정말이지 무서운 싸움꾼이었어."

이때 은월영이 무불악 옆으로 다가섰다.

"무불악, 괜찮은 거야?"

"그래, 이 여우야. 네년 때문에… 내 꼴이 말이 아니로군."

은월영은 자세를 낮춰 무불악을 부둥켜안았다.

"우리가 해낸 거야. 우리 둘이 천투무적을 죽인 거라고."

"네년이 아니라… 내가 죽인 거다."

"호호, 내가 조금 지원한 것은 사실이잖아?"

은월영은 무불악의 손에서 간장검을 빼앗아 쥐었다.

"과연 신검이야. 천투무적을 세 토막 내고도 피 한 방울 묻지 않았어."

"당연하지. 네년을 백 번 찔러도… 절대 피가 묻지 않는다."

은월영은 무불악의 가슴에 간장검을 들이댔다.

"무불악, 너부터 시험해 보고 싶어. 네 심장을 찔러서 피가 묻지 않으면 나를 찔러도 좋아."

"야, 너 지금……."

은월영은 서릿발 같은 살기를 발하며 간장검을 힘껏 찔렀다.

"그래, 넌 죽어야 돼, 이 악당아!"

2

무적궁 괴멸!

강호를 강타한 충격적인 소식에 천하인 모두가 경악했다. 무적궁이 비록 백도를 추구하는 정파의 문파는 아니었지만 사파연맹에 의해 와해되었다는 사실에 의협들은 강호의 앞날을 걱정했다.

반면 흑도인들은 이십여 년 전 우내삼기가 주도한 정파연합에 의해 해체된 천사혈궁(天邪血宮) 이후 사파의 구심점이 탄생했다는 사실에 한껏 고무되었다.

무적궁이 와해되면서 강호의 판도는 급변했다.

일성쌍궁이 솥발처럼 천하를 주도하던 시대는 마감되었다. 독보신검이 검마에 의해 참패를 당한 이후 독보검궁의 위상이 급속히 위축되었기에 쌍궁의 존재는 사라져 버렸다.

대신 천풍무국과 사파연맹이 쌍궁의 공백을 메우면서 천하는 불패성과 사파연맹, 그리고 천풍무국이 대립하는 절대 삼패 시대로 재편되었다.

이런 강호 판도의 변화 속에서 두 사람의 존재가 확실하게 부각되었다.

사파연맹의 맹주 은사호리 은월영!

천사혈뇌의 후계자임을 공언한 은월영이 사파연맹의 비밀스런 맹주임이 공개되면서 그녀는 순식간에 흑도의 대종사로 추종되었다.

그러나 정작 천하인들을 혼란에 빠뜨린 존재는 따로 있었다.

사해천악 무불악!

당세의 절대자인 천투무적이 무불악에 의해 참살을 당했다는 소식에 천하인들은 머리를 싸매야 했다.

무불악이 우내삼기를 격파하고 의천오절의 유해를 훼손했을 때만 해도 세상에서 가장 잔인한 악인으로 지탄을 받았다. 만일 우내삼기가 반대하지 않았다면 무불악은 진작 무림공적으로 낙인 찍혔을 것이다.

무불악의 악명은 화훼문주를 살해하면서 최고조로 높아

졌다.

한데 천하의 악당 무불악이 단신으로 삼대천마와 맞서 혈마 난살천참을 죽이는 공적을 세우자 천하인들은 무불악의 정체를 알 수 없게 되었다.

이후 화운군주를 구출하고 철마 사망혈삭을 죽이는 혁혁한 공적을 연이어 세우면서 무불악에 대한 천하인들의 평가는 달라졌다.

무불악이 천기무화를 만나 개심해 강호의 영웅으로 거듭났다는 것이 일반적인 평가였다.

한데 악에서 선으로 변했다는 세간의 평판이 또다시 뒤집어졌다. 그가 악녀 은사호리와 합작해 무적궁을 궤멸시키고 당세의 영웅 천투무적을 죽이면서 그동안의 공적이 삽시간에 소멸되었다.

무불악은 역시 사(邪)요, 악(惡)이며, 흑(黑)임이 다시 인식된 것이다.

3

휘이잉……!

험준하기로 유명한 촉도(蜀道)는 곳곳에 벼랑길이 끊겨 있어 수백 리를 돌아가기가 일쑤다.

기린애는 대파산에서도 가장 험한 벼랑이라 웬만한 사람

은 접근조차 어렵다. 또한 연중 대부분이 구름에 가려 있어 어쩌다가 한번씩 기린의 등과 같은 형상을 드러낼 뿐이다.

한데 하나의 섬세한 인영이 기린애의 수직 암벽을 타고 올라 순식간에 벼랑 위에 내려섰다.

경이적인 신법의 소유자는 이십대 중반의 여인이었다.

여인은 경국지색의 용모를 지녔지만 미색보다는 오히려 고귀한 기품이 빛나 보였다. 참으로 애석한 것은 양볼에 새겨진 선명한 상흔으로 그야말로 옥의 티였다.

"정보가 틀리지 않다면 기린애가 맞는데……."

벼랑을 둘러보는 여인은 다름 아닌 천기무화 한운지였다.

벼랑 위로는 약간의 평지가 형성돼 있었고 다시 가파른 암벽으로 연결돼 있었다.

한운지는 암벽을 세심하게 살피다가 좌측으로 다가섰다.

이 순간 암벽 속에서 음산한 음성이 흘러나왔다.

"멈춰라."

한운지가 걸음을 멈추자 음산한 음성이 계속 이어졌다.

"기린애에 오르면 죽는다는 사실을 알고 찾아온 것이냐?"

"귀 문에 그런 규칙이 있었는지 몰랐습니다. 하지만 소녀는 살인 청부를 의뢰하러 온 것이 아닙니다. 회주를 만나 한 가지 사실을 확인하기 위함이니 양해해 주세요."

"감히 회주님을 뵙겠다고?"

"외람된 청이지만 간곡히 부탁드립니다."

"네 신분이 무엇이냐?"

"소녀는 한운지라 합니다."

그러자 암벽 속에서 침음이 흘러나왔다.

"으음… 당세의 여협께서 염라회를 찾아오다니 별일이군."

염라회(閻羅會).

오로지 특급 자객들로만 구성된 최고의 자객 집단이다.

소속 자객이 열 명도 안 된다고 알려져 있지만 천하 수백 개 자객 집단 중에서 가장 영향력이 큰 자객 집단이 바로 염라회였다.

자객들은 정사를 구분하지 않고 척살을 감행하기에 흑백 무림 모두가 경원시 하는 기피 집단이었다. 이런 자객 집단을 한운지가 방문했다는 것은 극히 이례적이라 할 수 있었다.

암벽 속에선 단호한 음성이 흘러나왔다.

"회주님께서 접견을 허락하시지 않겠다면 천기무화라 해도 죽일 수밖에 없소."

"회주의 선처를 부탁드립니다."

한운지는 다소곳한 자세로 기다렸다.

잠시 후 암벽 일부가 옆으로 이동했다.

그그극……!

놀랍도록 정교한 기관 장치였기에 기관학에 정통한 한운지도 기관에 의해 작동되는 암벽 일부를 미처 파악하지 못했을 정도였다.

동혈을 통해 두 사람이 밖으로 나섰다.

두 사람 모두 검은 복장으로 한 명은 장년인이었고, 다른 한 명은 장발을 늘어뜨려 나이를 추정하기 어려웠다.

장발인의 칙칙한 눈빛에는 어떤 감정도 깃들어 있지 않아 마치 죽은 자의 눈과 같았다.

한운지는 장발인을 향해 공손히 예를 올렸다.

"공연히 심려를 끼쳐 송구합니다. 소녀 한운지라 합니다."

장발인은 잠시 한운지를 주시하다가 자객을 돌아보았다.

"너는 물러가 있어라."

"예, 회주님."

자객이 동혈로 들어서자 암벽 일부가 이동해 동혈 입구를 가렸다.

장발인은 벼랑 끝에 선 채 뒷짐을 지었다.

"내가 염라회주 일점혈(一點血)일세."

스스로 일점혈이라 밝힌 염라회주의 본래 별호는 천하일점혈이었다.

천하일점혈은 가늘고 뾰족한 첨도의 달인으로 상대의 미간을 찍어 죽이는 독특한 살인수법으로 유명했다. 죽은 자의 미간에 오직 한 방울의 피가 흐르기에 천하일점혈이라는 별호로 불리게 되었다.

한운지는 다시 포권을 취했다.

"고명하신 천하일점혈을 뵙게 되어 영광입니다."

"내가 예전에 천등성현 선배께 큰 죄를 지은 적이 있었네. 그것이 평생 마음의 짐이 되었는데 천기무화 덕분에 갚을 수 있게 되었군. 만일 내가 천등 선배와 무관했다면 아무리 천기무화라 해도 본 회의 규칙대로 죽였을 것이네."

"배려에 감사드립니다."

"무엇을 확인하고자 나를 찾아온 것인가?"

"염라회에서나 다른 자객 단체에서 최근에 황족을 척살한 사실이 있습니까?"

일점혈은 운무로 자욱한 벼랑 아래를 내려다보았다.

"황족이라고?"

"그렇습니다."

"본 회에서 그런 척살을 나선 적은 없었네. 하지만 다른 자객 집단에서 출동했는지는 모르겠네."

"염라회 자객이라면 황궁이나 왕궁에 침투해 황족을 척살하는 것이 가능합니까?"

"그거야 경비 상태가 어떠냐에 따라 판단할 일일세."

"회주께서는 혹시 맨손으로 척살하는 자객에 대해 알고 계십니까?"

일점혈은 천천히 고개를 돌렸다. 소름이 끼칠 만큼 칙칙한 눈빛이었다.

"그런 자객은 본 회에는 없네. 내가 알고 있는 특급 자객

중에서 그런 수법으로 척살하는 자객 또한 없네.”

“한 가지 더 묻겠습니다. 손으로 목뼈를 부러뜨린 후 다시 손으로 가슴을 갈라 심장을 터뜨리는 잔혹한 살인 수법이 과연 자객의 척살일까요?”

“자객은 맨손으로 가슴을 갈라 심장을 터뜨리는 척살 따위는 하지 않네. 목을 벴다면 그것으로 충분하고, 심장을 찔렀다면 그것으로 척살을 마치는 것이 일반적일세.”

일점혈은 뒷짐을 진 채 천천히 벼랑 가를 따라 걸었다.

“천기무화는 어떤 살인 사건을 조사하나 보군. 상세한 내막을 말해주면 내가 보다 정확하게 조언해 줄 수 있네.”

“……”

“절대 밝혀서는 안 될 비밀인가 보군. 그렇다면 더 이상 묻지 않겠네. 무화가 쫓는 살인자가 누구인지 몰라도 자객일 가능성은 희박하네. 경계가 삼엄한 왕부와 황궁으로 침투해 황족을 척살할 자객은 세상에 흔치 않네. 그런 엄청난 척살이라면 당연히 내 귀로 흘러들게 마련인데 최근 들어 그런 소식을 들은 적이 없네.”

일점혈은 동혈이 숨겨진 암벽으로 걸음을 옮겼다.

“그리고 살인 수법이 다분히 감정적으로 추정되는군. 그렇다면 원한 관계에 보다 초점을 맞혀보게나.”

한운지는 정중히 예를 표했다.

“답변에 감사드립니다, 회주.”

암벽의 기관 장치가 작동되며 동혈이 드러났다.

일점혈은 동혈로 들어서다가 한운지에게로 고개를 돌렸다.

"무화는 내가 천둥 선배께 어떤 신세를 졌는지 궁금하지 않은가?"

"물론 알고 싶습니다. 하지만……."

"알겠네. 내 자존심을 생각해 묻지 않은 거로군. 오래전 나는 천둥 선배를 척살하려 했었네."

한운지는 크게 놀라 한 걸음 물러섰다.

"예에……?"

"하지만 천둥 선배는 천고의 성자이시라 당신을 죽이려 했던 자객조차 용서하셨네. 내 평생 씻지 못할 수모이자 마음의 빚이었지. 무화 덕분에 이제 그 빚을 청산했으니 심정이 홀가분하군. 다시는 찾아오지 말게나."

그그극……!

암벽이 이동해 동혈을 감쪽같이 가렸다.

한운지는 하늘을 우러러보며 공손히 예를 올렸다. 자비로운 사부 덕분에 자신이 죽지 않았다는 사실에 고마움을 표한 것이다.

한운지는 비행술을 펼쳐 기린애에서 내려섰다.

그녀는 그동안 성혜왕후를 살해한 의문의 살인자를 추적하기 위해 여러 방면으로 조사를 해왔었다. 하지만 흉수가 아무런 흔적도 남기지 않아 진상 파악은 쉽지 않았다.

한운지가 이번에 염라회주를 만난 것은 그동안 자신이 조사한 내용을 정리하기 위함이었는데 염라회주의 답변은 그녀의 추정과 크게 다르지 않았다.

"자객은 분명 아니다. 왕부의 내부 지리에 밝은 자, 절세급에 이른 무공의 소유자, 이런 참담한 악행을 저지르고도 전혀 의심을 받지 않을 자……."

한운지는 한 사람의 용의자를 떠올렸지만 이는 그녀 스스로도 인정하고 싶지 않았기에 절대 발설할 수 없는 비밀이었다.

"좀 더 심도 있게 조사를 해야 돼. 그저 조사 차원일 뿐이야."

대파산을 나선 그녀는 잠시 갈등했다.

사흘 전 산동성에서 벌어졌던 엄청난 사건의 진상을 그녀도 오늘 아침 접하게 되었다.

천하에서 가장 소식이 빠른 천해문은 하루에 삼천 리씩 소식을 전달할 수 있기에 저 멀리 산동에서 벌어졌던 사건이 사흘 만에 사천성에도 당도한 것이다.

한운지는 당대의 영웅인 천투무적이 죽었다는 소식보다 그를 살해한 사람이 무불악이라는 사실에 충격을 금치 못했다. 더군다나 무불악이 자신을 죽이려 했던 은사호리와 합작해 무적궁을 와해시켰다는 얘기에 너무도 서글퍼졌다.

무불악이 자신과 정말로 결별했음을 인식하게 된 것이다.

무불악을 화훼문에서 구출하고 의천무경까지 전수해 준 사람이 그녀이기에 무불악의 행동은 그녀에게도 책임이 있었다.

"무 공자, 소녀를 떠난 것은 이해할 수 있습니다. 하지만 어떻게 소녀를 죽이려 한 그 악녀와 손을 잡을 수 있단 말입니까? 정녕… 흑도의 길을 걸으려는 것입니까?"

한운지는 울적한 심정에 절로 눈시울이 뜨거워졌다.

무불악이 한때 강호의 영웅으로 추앙을 받기도 했었기에 그녀의 상실감과 비애는 더욱 클 수밖에 없었다.

한운지는 허리춤의 막사검을 힘껏 쥐었다.

"무 공자, 우리의 관계를 이렇게 끝낼 수는 없어요. 전설이 사실이라면 간장과 막사는 절대 헤어지지 않습니다. 무 공자를 다시 당세의 영웅으로 이끌겠어요."

한운지는 붉은 입술을 꼭 깨물었다.

"당신은 반드시 악중협이 될 겁니다."

第三十九章
알 수 없는 게 여인의 마음

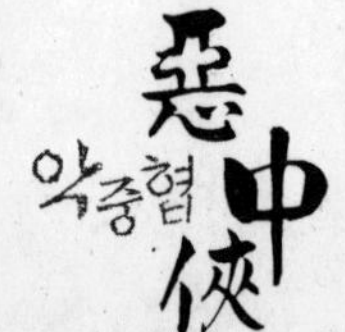

1

뚝딱뚝딱……!

사파연맹의 총단으로 변모된 무적궁은 대대적인 보수에 들어갔다. 무적궁이 와해되는 과정에 파손된 전각과 방벽, 성문이 수리되었고 조경 시설도 대폭 추가되었다.

무적궁은 가파른 경사지에 계단식으로 축조되었기에 공간이 부족한 관계로 꼭 필요한 건물만 세워져 있었는데 은월영은 자신의 취향에 맞춰 새롭게 설계했다.

넓은 연무장을 뜯어내고 그 자리에 화려한 정원이 조성되고 있었다. 망루는 색을 칠해 멋을 냈고 투박한 방벽 위에는 기치를 걸어 최대한 화려하게 꾸며 놓았다.

사파연맹의 상주 인원은 일천 명으로 정해 두었다.

절반은 여덟 개 사파 집단에서 차출했고 나머지는 심사를 거쳐 공개 모집을 하기로 방침을 세웠다.

"최대한 서둘러라. 무적궁의 냄새를 말끔하게 씻어내야 한다. 누구도 이곳이 과거의 무적궁임을 떠올리지 못하게 해야 한다. 알겠느냐?"

은월영은 성문에서부터 제삼성채까지 오르면서 연신 관리자들을 닦달했다.

이때 순찰사령이 달려와 보고를 올렸다.

"맹주, 시체를 모두 검시했지만 뇌진표의 시체는 찾아내지 못했습니다."

"확실한 거냐?"

"그렇습니다."

"제기, 쥐새끼처럼 빠져나갔군. 일단 사천팔문(邪天八門)에 비합전서를 띄워 뇌진표를 추격토록 지시해라. 놈의 목을 가져오는 자에게 순찰사령의 직위를 줄 것이다."

"매… 맹주, 순찰사령은 속하의 직위입니다."

"그러니까 네 모가지를 걸고 재주껏 놈을 잡아들이란 말이야, 이 멍청아!"

은월영의 발길질에 걷어채인 순찰사령은 가파른 계단에서 데굴데굴 굴러 떨어졌다.

은월영이 제삼성채로 들어서자 경호사령이 보고를 올렸다.

“맹주님, 무불악이 깨어나 다시 발작하고 있습니다.”

“호호, 그래?”

은월영은 제삼성채 내에 있는 세 개의 전각 중 우측 전각으로 향했다.

제삼성채 내에는 무적궁의 좌우상과 무적궁주의 처소가 있었는데 세 채의 전각은 새롭게 개명되었다.

좌상의 전각은 태상호법인 독목혈사에게 배정되었고, 우상의 전각은 귀빈을 위한 별채로 비워 두었다. 물론 무적궁주의 처소였던 가운데 전각은 그녀가 차지하였다.

별채의 침상.

무불악은 팔다리가 침상 네 귀퉁이에 묶여 있어 꼼짝도 할 수 없었다. 손목과 발목을 동여맨 금색 밧줄은 의외로 질겨 무불악이 용을 쓸 수록 살 속으로 파고들었다.

“은월영, 이 교활한 계집아! 당장 결박을 풀지 못해!”

하지만 아무리 소리를 쳐도 시녀들은 귀머거리인 양 눈길조차 주지 않았다.

이때 은월영이 들어서며 시녀들을 내보냈다.

“무불악, 아직 몸도 회복되지 않았는데 웬 난리냐? 다 너를 위해서 묶어놓은 거니까 잠시만 참아.”

“여우야, 너 나 때문에 목숨 건진 은혜를 잊은 거냐? 내가 나서지 않았다면 네년은 천투무적에 의해 쪼개졌을 거다.”

"그거야 모르는 일이지.

은월영은 침상에 걸터앉으며 무불악의 볼을 어루만졌다.

"무불악, 솔직히 난 네가 아직도 두려워. 결박을 풀어주면 당장이라도 날 죽일 것 같아."

"이 멍청한 계집아! 널 죽일 생각이었다면 내가 왜 구해주었겠냐?"

"이유야 확실히 있지. 네 손으로 나를 죽이려고 구해줄 수도 있으니까."

"내가 분명히 말했지. 이번은 너를 죽이려고 찾아온 게 아니라고 했잖아?"

"무불악, 너는 나쁜 놈이잖아? 그 말을 어떻게 믿겠어?"

무불악은 치솟는 핏대를 애써 자제했다.

"은월영, 네가 독보신검의 육소항을 이용해 나를 중독시켰을 때도 나는 약속을 지켜 네년을 죽이지 않았다. 두려워 말고 어서 결박을 풀어라."

"내가 화혈독비로 한운지를 죽이려 했는데도 날 죽이지 않겠단 말이야?"

"네가 한운지를 죽이든 말든 무슨 상관이냐?"

은월영은 놀란 토끼처럼 눈을 동그랗게 떴다.

"그… 그게 무슨 소리야? 넌 한운지라면 죽고 못 살았잖아?"

"니미, 이렇게 말귀를 못 알아들어? 넌 내가 한운지와 결별했다는 소식도 듣지 못했냐?"

"얘기는 들었지만 어디 믿을 수가 있어야지?"

"그년 되게 의심 많네, 어서 결박이나 풀어!"

"……."

은월영은 물끄러미 그를 주시하다가 결단을 내렸다.

"좋아, 결박을 풀어주겠다. 하지만 넌 기경팔맥 중 네 곳이 제압된 상태이니 허튼수작은 하지 마."

"어서 풀라니까!"

무불악의 재촉에 은월영은 무불악의 사지를 결박한 밧줄을 풀어주었다.

무불악은 겨우 자유로운 몸이 되었지만 경락이 제압된 상태라 무공을 펼칠 상황은 못되었다.

"젠장, 이럴 줄 알았으면 뒈지든 말든 내버려 두었어야 했어."

침실을 나선 무불악은 창가 탁자에 걸터앉았다.

"너 이리 와봐."

"감히 사파맹주에게 명령이야?"

"너 정말 내 비위 계속 건드릴 거냐?"

"치이, 뭐든 제멋대로야."

은월영은 창문 옆에 기대섰다.

"자, 말해봐."

"천풍무국에 대해 아는 대로 말해봐라."

“뭘 알고 싶은 건데?”

“천풍무국의 국주가 누구냐?”

“세상에 알려지기는 천향무후라는 계집이야. 전신에서 색기가 줄줄 흐른다고 하더군.”

“명목상의 국주 말고 진짜 국주에 대해 묻는 거다. 주상으로 불린다고 하더군.”

은월영은 의아한 눈빛으로 무불악을 빤히 바라보았다.

“놀랍군. 천풍무국에 주상이라는 존재가 있다는 사실은 극비인데 어떻게 알았어?”

“대답이나 해.”

“주상이 누구인지는 나도 몰라. 한데 그거 물어보려고 나를 찾아온 거야? 그런 정보라면 천해문이 더 확실하잖아?”

“혹시나 해서 물어봤는데 역시 너도 모르나 보구나. 이제 본격적으로 묻겠다.”

무불악이 다가서자 은월영은 바싹 긴장된 모습으로 손끝을 세웠다.

“왜… 왜 이러는 거야?”

“그년, 겁은 되게 많아요.”

무불악은 창틀에 놓인 찻주전자를 집어 들고 찻주전자 째로 벌컥벌컥 마셨다.

“네 사부 천사혈뇌는 아직 살아 있냐?”

“타계하셨다고 했잖아?”

"정말이냐?"

"그래, 속고만 살았어?"

"너는 입만 열면 거짓말을 해대는 계집이니까."

"내 말을 못 믿겠다면 물어볼 의미가 없잖아?"

무불악은 잠시 은월영을 직시하다가 목소리를 낮추었다.

"혹시 천사혈뇌가 살아생전에 칠대악인에 대해 거론한 적
은 없었냐?"

"칠대악인……?"

은월영의 표정이 심각하게 변했다.

"무불악, 넌 대체 누구냐? 칠대악인과 분명 연관이 있는 거
지? 분명해. 칠대악인이 아니고서는 누구도 너처럼 음흉한
악당을 키울 수 없어."

"묻는 말에 대답이나 해."

"물론 대답해 줄 수 있다. 하지만 그전에 네 신분에 대해
꼭 알아야겠어. 네가 어떤 사람인지 알아야 나도 너를 믿어보
려고 노력할 수 있잖아?"

무불악은 찻주전자를 내려놓고는 퉁명스레 내뱉었다.

"믿지 않아도 돼. 이번에 헤어졌다가 다음에 다시 만나면
네년을 죽일 텐데 신뢰 따위가 무슨 필요 있냐?"

일순 은월영의 눈매가 샐쭉해졌다.

"흥, 네가 사파연맹에서 온전하게 살아 나갈 수 있을 것 같
아?"

"은월영! 자꾸 얘기를 옆으로 새게 만들 거냐?"

"네가 누구인지 먼저 밝혀. 그러면 네가 알고자 하는 모든 것을 나도 솔직하게 말해주겠다."

무불악의 눈빛에서 은은한 살기가 피어올랐다.

"내가 누구인지 알게 되면 넌 죽어야 돼."

"어차피 다음에 만나게 되면 날 죽인다면서? 그때까지만 혼자 알고 있으면 되잖아?"

은월영은 애교스럽게 미소를 띠며 무불악을 설득했다.

"무불악, 네가 누군가를 찾아다니고 있는 것 정도는 짐작하고 있어. 네 신분을 밝히면 내가 적극적으로 도와줄 게. 사실 네가 굳이 날 찾아온 것은 사악한 자들에 대한 정보가 필요해서이잖아?"

"……"

"너도 알다시피 나는 사파연맹의 맹주야. 사파가 뭐겠어? 더럽고 추잡하고 비열한 자들로 가득한 세상이지. 어두운 세상에 대한 정보는 천해문보다 내가 더 정통해."

은월영의 교묘한 화술은 무불악을 고민에 빠뜨리기에 충분했다.

'이 계집의 얘기는 충분히 타당성이 있다. 내게 정말 필요한 정보는 어둠의 정보다.'

무불악은 은월영의 어깨에 손을 얹었다.

"좋아. 얘기해 주겠다."

은월영은 움찔했지만 자신의 어깨를 짚은 무불악의 손을
굳이 밀어내지 않았다.

"그래, 잘 생각했어."

"나는 사실……."

이 순간 갑자기 요란스런 경종 소리가 사파연맹 전체를 진
동시켰다.

땡땡땡─!

깜짝 놀란 은월영이 급히 한 걸음 물러섰다.

"뭐야? 무적궁 잔당들이 기습이라도 펼쳐온 건가?"

경호사령이 내실로 뛰어들어 왔다.

"맹주님, 침입자가 벌써 제일성채를 통과했다는 급보입니
다."

"침입자라니?"

"웬 늙은이인데 생긴 모습은 신선처럼 수려한데 손속이 아
주 잔혹하다고 했습니다. 사술인지 독공인지 알 수 없지만 본
맹의 정예들이 싸워보지도 못하고 속속 쓰러졌다고 합니다."

은월영은 대번에 침입자의 정체를 간파했다.

"독마 혈루시산!"

그녀는 경호사령을 세차게 닦달했다.

"내게는 사부 같은 분이시다. 당장 내려가 공격을 중단하
고 성대하게 영접하라고 일러라."

"아, 알겠습니다."

경호사령은 떨떠름한 표정이 되어 밖으로 나갔다.

이때 무불악이 대뜸 은월영의 멱살을 쥐었다.

"이 나쁜 년! 독마에게 나를 팔아먹겠다는 거냐?"

"그게 무슨 소리야?"

"삼대천마가 내 손에 죽었는데 독마가 날 가만두겠냐? 이 교활한 계집!"

비로소 상황을 인식한 은월영이 하얗게 질렸다,.

"어머나! 그… 그래, 독마는 나를 만나러 온 것이 아니라 너를 죽이러 온 거야?"

"어서 내 몸의 금제를 해소해. 지금 상태로 만나면 개죽음이다. 어서!"

"알았어."

은월영은 무불악의 기경팔맥을 제압한 금제를 해소시켜 주었다.

무불악은 겨우 금제에서 벗어났지만 천투무적과의 대결에서 입은 내상은 아직 치유되지 않았다. 본래 수준의 칠 할 정도이기에 과연 독마를 감당할 수 있을지 자신이 없었다.

"내 검 어디 있냐? 간장검이 있어야 돼!"

"내 방에 있는데……."

"추악한 계집! 내 검을 왜 네년이 훔쳐가?.당장 가져와! 아니, 내가 직접 가겠다!"

무불악이 별채를 나서자 은월영이 급히 뒤를 따랐다.

한데 별채 주변을 지키던 호위들이 피를 토하며 연속적으로 쓰러졌다.

"크윽!"

"악……!"

입에서 고약한 악취가 풍겼고 얼굴빛이 검푸르게 변색된 것으로 미루어 극독에 중독된 게 확실했다.

무불악과 은월영은 바싹 긴장해 호신강기로 몸을 보호했다.

가파른 돌계단 위로 한 사람이 유령처럼 솟아올랐다.

아주 청수한 면모의 노인이지만 푸른 머리카락과 인광이 번득이는 눈빛이 섬뜩했다.

바로 독마 혈루시산이었다.

은월영은 혈루시산 앞에 급히 한쪽 무릎을 꿇었다.

"사… 사부님."

혈루시산은 인광을 번득이며 그녀를 질책했다.

"은사호리! 네년의 자질과 사악함을 높이 인정해 천마혈서까지 하사했는데 감히 노부를 배신해?"

"배… 배신이라니요?"

"이년!"

혈루시산이 소매를 휘젓자 은월영은 비명을 지르며 튕겨져 나갔다.

"네년이 노부의 아우들을 무참하게 죽인 원수와 결탁했으니 배신이 아니고 뭐겠냐? 네놈이 무불악이라는 놈과 손을 잡고 무적궁을 와해시키지 않았더냐?"

혈루시산은 한쪽에 서 있는 무불악에게로 시선을 돌렸다. 녹색 인광이 번득이는 눈빛은 마치 무덤을 파헤치는 여우의 눈빛처럼 섬뜩했다.

무불악은 상대가 독공의 명수임을 인식해 광명구양신공으로 몸을 보호하는 데 주력했다.

"맞아. 내가 바로 무불악이다."

"원수 놈, 이제야 만나게 되었구나."

"그래, 조금 늦은 감이 있군. 진작 만났다면 당신 또한 다른 천마들처럼 모가지가 날아갔을 텐데 말이야."

"이런 쥐새끼!"

혈루시산은 손가락을 튕겼다.

퍼엉!

가벼운 폭음이 터지며 붉은 연기가 급속도로 확산되었다.

무불악은 반사적으로 호흡을 멈추고 뒤로 물러섰다. 한데도 비릿한 냄새가 코를 찌르는 순간 심한 현기증을 느껴야 했다.

'뭐야, 벌써 중독된 건가?

무불악은 광명구양신공을 운기해 급히 진기를 일주천시켰다. 그러자 현기증이 일부 해소되었고 매스꺼웠던 속도 다소 진정되었다.

'어, 저절로 해독이 되네?'

무불악은 문득 검마가 건네준 백독신단을 떠올렸다

'맞아. 그 약은 독마가 극독을 법제해 제조한 영단이라고 했어. 백독신단 덕분에 내가 백독불침지체가 된 거다.'

독에 대한 공포를 떨쳐 내자 무불악은 혈루시산이 전혀 두렵지 않았다.

"하핫, 독 향기가 향긋하군. 더 강한 독은 없느냐?"

혈루시산은 자신의 독공이 무산되자 놀라움을 금치 못했다.

"네놈이… 중독되지 않았단 말이냐?"

"당연하지, 내가 하찮은 독 따위에 쓰러질 것 같으냐?"

무불악은 힘껏 일권을 내질렀다.

"오대천마는 내가 씨를 말려주겠다!"

콰류류류!

의천무경의 절학인 폭풍벽파신권이었다.

혈루시산은 가볍게 쌍장을 쳐들었다. 그의 손바닥에 푸른 빛이 감돌았다. 그의 절기 중 하나인 천강수(天罡手)였다.

콰아앙—!

요란한 폭음이 터지며 무불악은 뒤로 일 장이나 밀려났다.

단 일 초의 격돌로 무불악은 기혈이 들끓고 코에서 단내가 확 풍겼다. 혈루시산을 그저 독공만 능한 자로 보았는데 그의 커다란 착각이었던 것이다.

'염병, 장마보다 공력이 더 높잖아? 이거 큰일이로군.'

무불악은 내상을 입은 상태로는 절대 이길 수 없는 상대임을 인식했다. 그는 은월영의 지원을 받기 위해 빠르게 주변을 쓸어 보았지만 은월영은 코빼기도 보이지 않았다.

'비열한 년! 벌써 내뺐어!'

무불악은 광명구양신공을 운기해 기혈을 가라앉히면서 심각하게 고심했다.

'젠장, 간장검이라도 있다면 죽기 살기로 싸워보겠는데……'

혈루시산이 꼿꼿하게 미끄러지며 다가섰다.

푸시식!

그가 지나간 자리는 독기로 인해 검게 타버렸다.

"쥐새끼, 네놈을 제압해 아우들의 묘소 앞에서 찢어죽이겠다."

무불악은 어차피 도주할 수도 없는 상황이기에 각오를 단단히 했다.

"독 늙은이, 내가 어디를 봐서 쥐새끼냐?

"내 눈에는 그렇게 보인다."

혈루시산은 독공이 담긴 천강지를 발출했다.

퍼… 퍼펑……!

주변으로 검푸른 연기가 자욱하게 피어올랐다.

매큼한 냄새를 맡은 무불악은 숨이 턱 막혔다. 마치 보이지 않은 손이 목을 조르는 것 같아 너무도 고통스러웠다.

"제… 젠장, 백독신단이… 소용없잖아?"

혈루시산의 입가에 싸늘한 미소가 피어올랐다.

"네놈이 검마 형님에게 백독신단을 하사받았다는 사실을 내가 깜빡했었다. 하지만 지금 네가 중독된 혈황마독은 내가 최근에 새로 제조한 독이라 네놈도 당할 수밖에 없다."

"사기꾼! 백독신단도 별 볼일 없는 거잖아?"

"닥쳐라. 백독신단은 독을 법제해 제조한 최고의 영단이다. 하지만 백독신단을 복용했다 하여 만독불침지체가 될 수 있는 것은 아니다."

"나 혼자 죽을 것 같으냐?"

무불악은 득달같이 달려들며 초운십팔장을 전개했다.

우우웅……!

현란한 손바닥 그림자가 칠 장 이내를 뒤덮었다.

"오냐, 네놈이 발작을 할수록 독이 더 빨리 퍼진다."

혈루시산은 천강수를 발출해 맞받아쳤다.

퍼퍼펑……!

초운십팔장이 대번에 파훼되었다. 내상과 독상으로 인해 공력이 급감한 무불악의 공격은 혈루시산에게 전혀 위협적이지 못한 것이다.

무불악은 오히려 혈루시산의 반격에 피를 토하며 비틀거렸다.

아무리 정신을 집중하려 해도 몸이 제대로 말을 듣지 않았다. 무엇보다 목을 조이는 듯한 질식감이 너무도 고통스러워 광명구양신공조차 제대로 운기할 수가 없었다.

무불악은 시야마저 흐려지면서 거의 절망에 빠졌다.

"비열한 노마, 독공을 거두고… 정당하게 겨뤄보자."

"걱정 마라. 산 채로 찢어 죽여야 하니 당장 널 죽이지는 않을 것이다."

혈루시산은 재차 천강수를 전개했다,

퍼엉!

무불악은 검붉은 피를 토하며 나가동그라졌다. 가슴에 손바닥 자국이 선명하게 새겨졌다. 만일 혈루시산이 전력을 다했다면 무불악은 전신이 찢겨지는 참살을 면치 못했을 것이다.

"우욱……!"

무불악은 재차 피를 토하고는 힘겹게 몸을 일으켰다.

'젠장, 결국… 이렇게 죽는군.'

이때 은월영이 혈루시산 옆으로 내려섰다.

"사부님, 제자도 놈에 대한 원한이 깊습니다. 놈의 팔다리를 벨 수 있는 기회를 주십시오."

혈루시산은 험악한 눈빛으로 은월영을 쏘아보았다.

"놈과 한통속이 되었으니 네년 역시 죽어 마땅하다!"

"오해이십니다, 사부님!"

은월영은 털썩 무릎을 꿇었다.

"제자는 천투무적을 죽이기 위해 놈을 잠시 이용했을 뿐입니다. 놈은 세 분 사숙을 살해한 원수인데 제자가 어찌 놈을 용서할 수 있겠습니까?"

은월영이 눈물을 흘리며 결백을 주장하자 혈루시산에 그녀에 대한 의심을 다소 해소했다.

"오냐, 네가 원통하게 죽은 세 사숙의 원혼을 위로하겠다면 놈의 눈과 혀를 뽑아라. 그러면 너의 진심을 믿겠다."

"예, 사부님."

은월영은 고개를 조아리며 무불악에게 은밀히 전음을 보냈다.

[어서 공격해! 내가 독마를 죽이겠다!]

겨우 몸을 일으킨 무불악은 은월영의 전음에 순간적으로 갈등했다. 은월영에 대한 신뢰감이 없기에 그 말을 액면 그대로 받아들이기가 쉽지 않았다.

하지만 지금 상황에서는 달리 방도가 없었다. 어차피 죽을 수밖에 없다면 은월영의 기습을 지원하는 것이 유일한 해결책이었다.

무불악은 전신의 진기를 쥐어짜 두 자 길이의 기검을 발출했다.

"독마! 함께 죽자!"

무불악은 신검합일의 기세로 달려들었다. 세상을 관통할

위력은 상실했지만 기검에 의한 신검합일은 무시할 수 없는 상승절기였다.

혈루시산은 냉소를 치며 쌍장을 내질렀다.

"쥐새끼, 아직도 꿈틀대는 것이냐?"

한데 이때였다. 은월영이 간장검을 뽑아 들며 벼락같은 쾌검을 발출했다.

퍼억!

혈루시산의 수급이 허공으로 날아갔다.

억지로 신검합일을 전개하던 무불악은 혈루시산의 목이 날아가자 겨우 안도하며 신검합일을 해소했다.

"후아, 정말 끔찍한 노마였어."

그는 환한 표정으로 은월영의 어깨를 와락 끌어안았다.

"계집애! 잘했어. 정말 잘 생각한 거다!"

은월영은 자신의 손으로 혈루시산을 죽였지만 실감이 나지 않은 듯 아직도 얼떨떨한 표정이었다.

"내가… 내가 독마를 죽인 거야?"

"그래, 축하한다."

"그래도 내게는… 사부 같은 분이었는데……."

"여우야, 너는 서방도 잡아먹을 계집인데 사부라도 못 죽이겠냐?"

무불악은 아직도 쓰러지지 않고 있는 혈루시산의 몸뚱이로 시선을 돌렸다.

한데 참으로 기절초풍할 괴변이 일어났다.

목이 잘린 혈루시산이 성큼성큼 걸음을 옮겨 자신의 수급 쪽으로 이동한 것이다.

"어엇?"

"마… 맙소사!"

사람이 목이 잘리면 죽는 게 세상의 법칙이었다. 한데 혈루시산은 목이 잘린 몸으로도 자신의 수급을 찾아 움직였으니 이는 생사의 법칙을 벗어난 충격적인 광경이 아닐 수 없었다.

은월영이 턱을 덜덜 떨었다.

"다… 다시 살아날 거야. 독중지성은… 불사지체라고 했어."

"니미, 그런 게 어디 있어?"

무불악은 은월영의 손에서 간장검을 빼앗아 쥐고는 혼신의 진기를 주입시켰다. 광명구양신공이 주입된 간장검에서 불꽃이 피어올랐다.

무불악은 은하성천검법의 최후삼식 중에서 두 번째 절기를 떠올렸다. 어검술의 초보 단계인 어기비검이었다.

무불악은 몸을 빙글 회전시키며 간장검을 내던졌다.

"어형파극섬!"

번― 쩍!

세상의 모든 빛을 흡수한 눈부신 섬광이 허공을 가로질렀다. 불꽃을 발하는 간장검은 대번에 혈루시산의 몸뚱이를 관통했다.

퍼엉……!

폭음이 터지며 혈루시산의 몸통이가 산산조각이 났다.

혈루시산은 독인의 몸이기에 피조차 독혈이었다. 사방으로 흩어진 육편에서 허연 독연기가 자욱하게 피어올랐다.

독마 혈루시산의 참살.

이로써 오대천마 중 네 명의 마왕이 세상에서 사라졌다.

"위험해!"

은월영은 무불악을 끌어안고는 멀리 피신했다.

보검으로도 뚫리지 않는 은갑보의가 독혈이 묻으면서 구멍이 났으니 혈루시산의 독혈은 실로 끔찍했다.

은월영은 겨우 안도의 한숨을 내쉬었다.

"아, 이제 끝났어. 독마가 완전히 죽은 거야."

한데 그녀가 안고 있는 무불악이 맥없이 주저앉았다. 얼굴빛이 검푸르게 변색되었고 입에서 악취를 풍기는 거품이 뿜어졌다.

"어마, 중독 현상이야!"

은월영은 급히 혈도를 찍어 독기가 심장으로 침투하는 것을 차단했다.

혈황마독에 중독된 무불악은 공력으로 독기를 억제하고 있었는데 어기비검을 전개하면서 공력이 소진돼 독기가 급속도로 확산된 것이다.

무불악은 가쁜 숨을 몰아쉬었다.

"여우야, 반드시… 날 살려라."

"독마의 극독을 내가 무슨 수로 해독해? 정신 있을 때 유언이나 남겨."

"닥쳐… 나는 이렇게 죽을 수 없어."

"알았어. 어떻게든 해볼게."

은월영은 무불악을 안아 들었다.

그녀는 자신이 무불악을 살려야 한다는 사실이 혼란스러웠다. 그들 둘은 세 차례나 격돌해 서로를 죽이려 했다. 원한이 있을 뿐 호감은 전혀 없기에 죽이지 못해 안달인데 둘의 관계가 아주 이상하게 엮인 것이다.

"살리는 것도 문제이지만 살려 놓아도 문제야. 어디 믿을 수가 있어야지?"

이때 사파연맹 무사들이 제삼성채로 올라섰다.

"맹주, 무사하십니까?"

"독마는 어찌 되었습니까?"

은월영은 자신을 전혀 지원하지 않은 그들에게 분노가 치밀었지만, 의미없는 지원임을 감안해 감정을 자제했다.

"독마는 죽었다. 사해천악이 죽였으니 세상에 널리 알려라."

"예에? 이번에도… 사해천악이 죽였단 말입니까?"

"그래, 내가 지원했지만 독마를 죽인 사람은 바로 사해천악이다."

은월영이 무불악을 내세운 연유는 그녀가 명성을 탐내지 않는 고상한 여인이기 때문만은 절대 아니었다. 그녀가 두려워하는 상대는 검마 구주파천이었다.

견고한 사파연맹의 본거지도 검마의 일검에 박살날 수 있기에 모든 책임을 무불악에게 뒤집어씌운 것이다.

은월영은 무불악을 안고 자신의 처소로 향했다.

"독마가 죽으면서 뿌린 독혈이 워낙 강렬하다. 해독될 때까지 접근하지 마라. 참, 간장검을 찾아서 가져와라."

혈루시산을 관통한 간장검은 무려 백 장이나 날아가 암벽에 깊숙이 박혀 있었다. 어기비검의 위력은 엄청나지만 어검술처럼 자유자재로 발출하고 회수할 수 없다는 것이 단점이었다.

이때 성문 수비를 담당하던 수천사령이 달려와 보고했다.

"맹주님, 웬 계집이 찾아와 사해천악을 만나겠다고 합니다."

"계집이라고? 혹시 천기무화가 아니냐?"

"아닙니다. 지독한 박색인데 몸에서 약 냄새가 지독한 것으로 미루어 의원인 것 같습니다."

"계집 의원이라고? 정체가 뭐냐?"

"약왕전에서 온 백초(百草)라고 합니다만……."

“약왕전? 당장 올려 보내라. 어서!”

여인은 전형적인 의원 복장이었다. 머리에는 검은 관모를 썼고 소매가 넓은 학창의를 걸쳐 언뜻 도사처럼 보였지만 약재가 담긴 바랑이며 몸에서 풍기는 약 냄새로 미루어 의원이 틀림없었다.

수천사령의 말대로 여인의 용모는 참으로 박색이었다.

사팔눈이라 좌우 균형이 맞지 않았고 돼지 코와 두툼한 입술은 혐오스러울 정도였다. 하지만 단정한 걸음걸이며 다소곳한 태도에서 고고함이 묻어 나왔다.

“약왕전의 제자 백초입니다.”

백초가 공손히 예를 올리자 은월영은 오만하게 턱만 까딱거렸다.

“사대비전의 하나인 약왕전의 제자가 우리 사파연맹에는 어쩐 일이죠?”

“사해천악 무 공자를 뵙고 말씀드리겠습니다.”

“사해천악은 지금 무서운 독에 중독된 상태라 의식이 전혀 없어요. 다행히 의원이 약왕전의 제자라니 치료할 수 있겠군요.”

“어떤 독입니까?”

“혈황마독이라고 하더군.”

“예에……?”

백초는 믿기 어렵다는 듯 은월영을 빤히 바라보았다.

"정말… 혈황마독이란 말씀이세요?"

"물론이죠. 지금 사람 목숨이 걸렸는데 내가 의원과 농담이나 하겠어요?"

"송구합니다. 혈황마독은 오래전에 제조술이 절전된 극독이기에 백 년 이래 등장한 적이 없어 제가 너무 당황했습니다. 대체 누가 그런 극독을 살포한 것입니까?"

"그런 사악한 독을 살포할 사람이 누구겠어요? 독마 혈루시산뿐이지."

"아, 그렇군요."

"나도 의술과 약학에는 정통한 편인데 혈황마독은 해독할 방법을 모르겠어요."

"일단 병자의 증세부터 살펴보겠습니다."

"침소로 가요."

은월영은 백초를 침실로 안내했다.

혈황마독에 중독된 무불악은 이미 인사불성이었다. 독 기운이 전신으로 퍼졌는지 얼굴뿐만 아니라 피부까지 검푸르게 변색되었다. 또한 칠공으로 검푸른 진액이 흐르는데 악취가 아주 지독했다.

백초는 잠시 무불악을 진맥하고는 눈까풀을 뒤집어 동공을 살펴보았다.

"증세로 미루어 혈황마독이 확실합니다. 다행히 독 기운이 심장까지 침투하지 않아 해독이 가능합니다.”

“아, 다행이야. 어서 손을 써 해독하세요.”

“탕약을 달이는 동안 금침대법으로 독 기운의 확산을 막겠습니다.”

백초는 바랑에서 십여 가지의 약재를 꺼내 시녀에게 건네고는 탕약을 끓이는 방법을 상세하게 일러주었다. 이어 침통에서 금침을 꺼내 무불악의 혈도에 금침을 시술했다.

은월영은 백초의 못난 용모를 보고 우습게 여겼는데 진맥과 신속한 처방을 대하고는 생각을 고쳐먹었다.

‘과연 최고의 의술을 지녔다는 약왕전의 제자답군. 이렇듯 적시에 약왕전의 제자가 찾아왔으니 무불악이 죽을 팔자는 아니야.’

시녀가 탕약을 가져오자 백초는 수저로 떠서 오랜 시간에 걸쳐 무불악에게 먹여주었다. 연후 지압으로 혈도를 눌러 약 기운이 빨리 퍼지도록 조치했다.

탕약의 효과는 놀라웠다.

칠공을 통해 흐르던 진액이 점점 맑아지면서 악취가 사라졌다. 이어 피부와 얼굴의 검푸른 기운이 사라져 갔다.

백초는 무불악을 다시 진맥하고는 고개를 끄덕였다.

“무 공자께서는 예전에 영단을 복용한 적이 있었던 것 같습니다. 덕분에 혈황마독에 중독되고도 회복이 빠르군요.”

“백 의원, 사해천악은 이제 살아난 건가요?”

"제가 처방전을 써 드리겠습니다. 사흘 정도 탕약을 드시면 완전히 해독되실 겁니다."

"고마워요, 백 의원."

은월영은 진심으로 사의를 표했다.

잠시 후 신음을 토하며 무불악이 깨어났다.

무불악은 목을 조르는 듯한 고통스런 증상이 사라졌기에 한결 편하게 숨을 쉴 수가 있었다.

"후우… 내가 죽지 않았군."

은월영이 침상에 걸터앉으며 무불악의 손을 쥐었다.

"그래, 무불악. 너는 죽지 않았어. 넌 정말 더럽게 재수가 좋은 사내야."

무불악은 은월영 뒤에 서 있는 백초를 힐끗 보고는 인상을 찡그렸다.

"저 못생긴 계집은 뭐냐? 날 시중들 계집이면 당장 바꿔."

"이그, 이런 상황에서도 얼굴 타령이냐?"

은월영은 백초를 소개해 주었다.

"너를 치료해 준 고명한 의원이서. 약왕전의 제자인데 백초라고 하더군."

"약왕전……?"

무불악은 몸을 일으켜 기대앉았다.

"너 정말 약왕전의 제자냐?"

백초는 공손히 예를 올렸다.

“예, 공자. 저는 백초라고 합니다.”

“그 얼굴로 달리 할 것도 없었을 테니 의술을 제대로 선택했군. 가만, 네가 그냥 지나가던 길에 나를 찾아와 해독해 준 것은 아닐 테고……”

“저는 사부님의 명을 받고 공자를 찾아온 것입니다.”

“활천편작이 너를 보냈다고? 참, 그 영감은 잘 계시냐?”

“운명하셨습니다.”

“뭐야?”

무불악은 자신의 귀를 의심했다.

“너 지금 뭐라고 했어? 활천편작이 죽었다고?”

“그렇습니다.”

“아니, 얼만 전까지만 해도 멀쩡했는데… 명색이 약왕전 전주가 급살을 맞아 죽었을 리도 없고……”

“사부님께서는 피살되셨습니다.”

“이런 젠장!”

무불악의 표정이 험악하게 구겨졌다.

“어떤 새끼냐? 어떤 죽일 놈이 나와 운지를 치료해 준 신의를 해쳤단 말이냐?”

“사부님께서는 잠시 출타하셨다가 회복할 수 없는 부상을 입은 채 귀환하셨습니다. 한데 흉수에 대해서는 아무런 말씀도 없으셨고 소녀에게 무 공자를 찾아가라는 유언만 남기셨습니다.”

"그게 무슨 소리냐? 편작 선배가 왜 흉수를 밝히지 않은 것이냐?"

"그 연유를 저는 알지 못합니다."

"나한테 달리 전할 말은 없는 거냐?"

"예. 그냥 무 공자를 찾아뵙기만 하면 된다고 하셨습니다."

"제기, 웬 말도 안 되는 수수께끼야?"

무불악은 침상에서 내려섰다.

"안 되겠다. 내가 약왕전으로 가봐야겠어. 약왕전의 의술이라면 죽은 사람도 살릴 수 있으니 내가 직접 유언을 들어야겠어."

무불악이 다리가 풀려 휘청거리자 은월영이 부축해 다시 침상에 눕혀 주었다.

"그 몸으로 가기는 어디를 가? 넌 아직 병자라고!"

백초 역시 무불악의 거동을 만류했다.

"공자, 혈황마독은 아주 무서운 독입니다. 경락과 장기로 독기가 스며들 수 있으니 탕약으로 완전히 해독해야 후유증이 없습니다."

"이거 완전히 돌팔이잖아? 명색이 약왕전의 제자라면 탕약 한 번으로 해독을 했어야지?"

"저는 아직 그만한 능력이 없습니다."

백초는 공손히 예를 올렸다.

“사부님의 유명을 전했으니 저는 이만 가보겠습니다.”

“기다려. 내가 해독된 후 같이 가자. 활천 선배의 묘소에 술이라도 한잔 올려야겠다.”

“약왕전 문규에 따라 외부인은 들일 수 없습니다. 또한 전주께서 타계하셨기에 약왕전은 향후 십 년 동안 봉문을 하게 돼 있습니다.”

백초는 은월영에게도 예를 표하고는 전각을 나갔다.

은월영이 의의한 눈빛을 띠며 물었다.

“대체 무슨 얘기야? 약왕전주가 피습을 당해 죽었는데 왜 네게 제자를 보내?”

무불악은 심정이 너무 울적해 은월영의 물음은 귀에 들어오지도 않았다.

그가 출도 이래 친분을 맺은 사람은 몇 되지 않는다.

우연히 활천편작을 만나 치료를 받았고, 화혈독비에 찔린 한운지를 구하는 과정에서 한동안 함께 지내게 되었다.

활천편작은 흑백이나 선악의 고정관념을 무시했기에 무불악을 스스럼없이 대했고, 그로 인해 무불악은 세월을 뛰어넘은 친구처럼 활천편작을 편히 대할 수 있었다.

서로가 시종 독설을 주고받았고 상대를 무시했지만 무불악에게 있어 활천편작은 가장 따뜻한 사람이었다.

'대체 어떤 새끼가 당대의 신의를 죽였단 말인가? 아무런 욕심도 없어 강호의 판도와는 전혀 무관한 존재이거늘.'

이때 은월영의 앙칼진 외침이 그의 귓속으로 파고들었다.

"무불악! 사람 말이 말 같지 않아? 왜 전혀 대꾸가 없는 거야?"

무불악은 비로소 시선을 들어 은월영을 올려보았다.

"독마는 확실하게 죽었지?"

"그래, 몸뚱이가 산산조각이 났으니 절대 되살아나지 못할 거다."

"난 좀 쉬어야겠다. 넌 이만 꺼져라."

"이그, 저 말하는 싸가지 하고는. 여기가 내 침상인데 누구보고 꺼지라는 거야?"

무불악은 몸을 돌려 누웠다.

"그러면 옷 벗고 들어오던가. 내가 아무리 병자라도 너 하나 품어줄 정력은 남아 있다."

"홍, 미친 새끼."

은월영은 홱 돌아서며 살벌한 욕설을 퍼부었다.

"문초는 이틀 후에 하겠다. 하루에 탕약을 다섯 사발씩 챙겨줄 테니 왕창 처먹고 해독해라. 뒈지려고 감히 사파맹주에게 흑심을 품어? 이 버러지 바퀴벌레 기생충 같은 놈아!"

第四十章

밝혀진 흉수

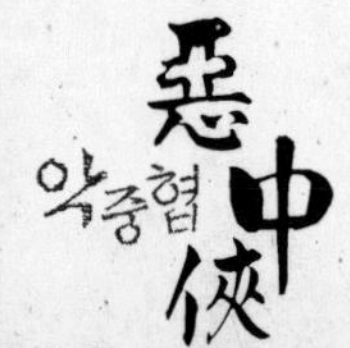

1

남양왕부 화운전.

소복 차림의 주약란은 한운지가 예를 올리자 자리에서 얼른 일어서며 다가섰다.

"어서 오세요, 언니. 많이 기다렸어요."

주약란은 한운지의 손을 이끌고 자리에 앉혔다.

"미안해요. 공연히 언니에게 무거운 짐을 맡긴 것 같아요."

"그런 말씀 마세요. 원통하게 피살되신 왕후마마를 위해서라도 반드시 흉수를 색출해 엄벌에 처해야 합니다."

"그렇게 생각해 주시니 고마워요."

주약란은 차를 따라주고는 문 쪽을 힐끗 보았다.

"이번에도 무 공자와 함께 오지 않았군요?"

한운지는 더 이상 속일 수가 없어 솔직하게 얘기해 주었다.

"사실… 무 공자와는 결별했습니다."

"예에? 왜요……?"

"강호는 정파와 사파로 분류되는데 무 공자는 사파에 가깝지요. 소녀는 정파의 후예이기에 여러 부문에서 무 공자와 의견 충돌이 있었습니다. 무 공자를 어떻게든 악중협으로 이끌려 했는데 역부족이었어요. 최근에 들은 소식에 의하면 완전히 사파로 돌아선 것 같습니다."

"……."

주약란은 묵묵히 차를 마시다가 화제를 돌렸다.

"내가 공연한 질문을 했군요. 참, 이번 사건에 대해 그동안 성과는 있었나요?"

"단서가 워낙 미흡해 흉수를 추적하기가 쉽지 않습니다. 물증이 없기에 심증으로만 흉수의 윤곽을 그려야 하기에 아주 난처합니다. 그래도 살인 수법을 통해 추적의 범위를 좁힐 수 있어 다행이었습니다."

"아, 어쨌든 성과가 있었다니 희망적이군요."

주약란은 환한 미소를 띠며 적이 안도했다.

한운지는 잠시 주저하다가 어렵사리 입을 열었다.

"군주님, 한 가지 어려운 청이 있습니다."

“뭐든 말씀해 보세요.”

“홍수의 행적을 조사한 결과 아무래도 건명궁을 통해 침투한 것 같습니다. 그래서 잠시 건명궁을 조사하려 하는데…….”

“안 돼요.”

주약란은 정색하며 고개를 저었다.

“아버님의 거처는 금역이라 사전에 윤허를 받지 않으면 출입할 수 없어요. 아버님이 비록 원정 중이시라 해도 왕부의 법도는 지켜져야만 합니다. 미안해요, 언니.”

“군주님만 묵인해 주신다면 금위병들에게 전혀 발각되지 않고 잠입할 수 있습니다.”

“언니…….”

“군주님, 건명궁 내에서 단서를 찾아내면 홍수를 찾아낼 가능성이 아주 높습니다.”

한운지의 적극적인 회유에 주약란은 울상이 되었다.

“건명궁 잠입은 너무 위험해요. 만일 발각되기라도 하는 날에는… 참수를 면치 못합니다.”

“안심하십시오.”

“아, 이를 어쩌지?”

주약란은 한참을 고심하다가 길게 한숨을 내쉬었다.

“후우, 난 모르는 일이에요. 행여 발각되더라도 최선을 다해 도주하세요. 나로서도 언니를 도울 수가 없으니까요.”

한운지는 몸을 일으켜 공손히 예를 표했다.

"용단에 감사드립니다. 군주님이 난처하실 일은 생기지 않을 겁니다."

"날이 저물려면 아직 멀었으니 나와 함께 식사라도 해요."

"단서를 찾으려면 낮에 잠입해야 합니다."

주약란은 어처구니가 없는 듯 눈을 동그랗게 떴다.

"언니, 대체 어쩌려고요? 금위병들은 장님이 아닙니다."

"잠입이 어렵지 건명궁 안에는 시녀 한 명도 없다고 들었습니다."

"그래요. 아버님이 출타 시에는 완벽하게 통제되죠."

"그렇다면 담장만 넘으면 성공입니다. 만일 발각되면 탈출을 시도하겠어요."

주약한은 한운지의 손을 꼭 쥐었다.

"조심해요, 언니."

건명궁의 담장은 삼 장에 달하며 견고한 백강석으로 쌓아 올렸기에 그 자체가 요새였다.

건명궁으로 들어설 수 있는 문은 세 곳이 있는데 지금은 남양왕이 출타 중이라 굳게 닫혀 있었다. 건명궁은 주변은 밤낮으로 일천 명의 금위병들이 지켜서 있는데 낮보다는 야밤의 경계가 더 삼엄했다.

물론 낮이라 하여 경계가 허술한 것은 아니었다.

　금위병들은 십 보 간격을 두고 담장 전체를 에워쌌으며 열 개의 순찰조가 계속적으로 주변을 순시하기에 잠입은커녕 접근조차 쉽지 않았다.

　주약란은 무성한 정원수 뒤에 몸을 숨긴 채 왕부의 담장까지의 거리를 가늠했다.

　인공 수로의 폭이 이 장, 잡초 한 포기 없는 화단의 폭이 삼 장, 화단에서 담장까지의 보행로 폭이 십 장 정도.

　도합 십오 장이나 되는 데다 십 보 간격으로 늘어서 있는 금위병들의 감시를 피해야만 담장에 이를 수 있다. 물론 밝은 대낮에 금위병들의 시야에서 벗어난다는 것은 상식적으로 불가능했다.

　한운지는 몸을 숨긴 채로 순찰병들이 지나가기를 기다렸다.

　갑주와 투구로 무장한 순찰병들은 절도 있는 걸음걸이로 담장을 따라 순시했다. 금위병들은 자신이 감시해야 할 구역에만 시선을 고정시킨 채 곁눈질 한번 하지 않았다.

　금위병들은 직속상관의 지시가 없는 한 정해진 자리에서 이탈해서도 안 되고 졸아서도 안 된다. 근무 태만으로 적발되면 손발이 잘리는 형벌을 면치 못하기에 금위병들은 눈까풀을 깜짝이는 것조차 삼갈 정도였다.

　순찰병들이 지나가자 한운지는 은신의를 뒤집어썼다.

　두 눈만 드러낸 한운지는 단숨에 수로와 화단을 가로질렀다. 동시에 그녀의 손에서 연속적으로 지풍이 발출되었다.

혼혈이 찍힌 두 명의 금위병은 순간적으로 정신을 잃었다. 혼혈이 찍히면 쓰러질 수밖에 없는데 한운지는 격공점혈로 두 금위병의 혈도를 찍어 쓰러지지 않도록 조치했다.

한운지가 보행로를 통과할 때는 은신의 덕분에 모습이 가려질 수 있었다.

담장 아래에 당도한 한운지는 담벽에 등을 댄 채로 소리 없이 미끄러져 올라갔다. 동시에 다시 격공점혈을 발출해 금위병들의 혈도를 풀어주었다.

순간적으로 정신을 잃었다가 깨어난 두 금위병은 자신들이 깜짝 졸았다는 생각에 눈을 부릅떴다.

머리 위쪽으로 뭔가 석연치 않은 기운이 감지됐지만 함부로 고개를 돌릴 수 없었다. 아무 이상도 없는데 공연히 몸을 틀었다가 상급 군관에게 적발되면 중벌을 면치 못하기 때문이다.

무사히 건명궁 내로 들어선 한운지는 나무 그늘을 따라 이동했다. 사실 건명궁 내에는 보초 한 명 없기에 마음껏 활보할 수 있지만 방심은 금물이었다.

한운지가 찾아간 전각은 남양왕의 소장품들로 가득한 유장고였다.

전각은 문은 굳게 닫혀 있었지만 전각 상단에 채광과 통풍을 위한 창문이 나 있기에 침투는 어렵지 않았다.

　　창문을 통해 유장고 안으로 내려선 한운지는 눈앞에 펼쳐
진 엄청난 골동품에 그만 넋을 잃고 말았다.

　　"아……!"

　　걸려 있는 그림 족자가 수백 점에 달했고 글씨는 그보다 훨
씬 많았다. 진귀한 공예품과 도자기는 헤아릴 수 없을 정도였
다.

　　또한 수백 개의 서가에는 서책이 빼곡하게 꽂혀 있는데 고
대의 죽편서부터 갑골문, 철편, 석편 등등 모든 형태의 고서
가 총망라돼 있었다.

　　한운지는 얘기로만 들었던 그림과 글씨를 감상하며 입을
다물지 못했다.

　　"아, 정말이지 세상 최고의 보고로구나. 아무리 군왕의 신
분이라도 이렇듯 엄청난 골동품을 소장하고 있을 줄이야."

　　마음 같아서는 몇날 며칠 동안이라도 유장고의 진귀한 골
동품에 심취하고 싶었지만 지금은 그럴 여가가 없었다. 그녀
의 심증을 뒷받침해 줄 물증을 찾아야 했던 것이다.

　　사실 그녀가 주약란에게 홍수의 침투 경로를 운운한 것은
건명궁에 잠입하기 위한 구실에 불과했다.

　　그녀의 심증은 절대 누구에게도 발설해서는 안 되는 것이
기에 물증을 확보하기 전에는 그녀 스스로도 죄인의 심정으
로 유장고를 수색했다.

　　유장고는 천 평에 달할 만큼 거대했기에 짧은 시간 동안 수

색하기가 쉽지 않았다.

그러나 한운지는 당세의 재녀답게 빼어난 안목과 두뇌의 소유자였다. 그녀는 벽에 기대 세워져 있는 하나의 수상쩍은 서가를 찾아낼 수 있었다.

"정교한 기관 장치로군."

한운지는 서가에 꽂힌 서책을 몇 권 매만지다가 상단의 두툼한 책을 뽑았다. 두툼한 서책이 기관을 작동시키는 열쇠였다.

그그극……!

서가가 옆으로 틀어지며 숨겨진 비밀 서고가 드러났다.

한운지는 자신의 가슴을 눌러 뛰는 심장을 진정시키고는 비밀 서고로 들어섰다.

비밀 서고.

서가에 비치된 모든 서책은 하나같이 무서운 절기가 수록된 무공 비급이었다.

무수한 살인 비기, 악신교의 사술, 방문좌도 비술, 수련이 금지된 악마지공…….

한운지의 이마에 식은땀이 송골송골 맺혔다.

"이럴 수가……!"

자신의 터무니없는 의혹을 해소하고자 유장고로 잠입한 것인데 가장 희박한 우려가 현실로 확인된 것이다.

한운지는 붉은 표지의 무서를 한 권 꺼내 들었다.

천마파옥수!

과거 사람을 맨손으로 찢어 죽이고 가슴을 쪼개 심장을 터뜨린 악마 혼세마왕(混世魔王)의 마공 절기였다.

한운지는 덜덜 떨리는 손으로 몇 장을 넘겨보고는 주륵 눈물을 흘렸다.

"흑, 왕후마마……!"

성혜왕후를 살해한 흉수의 살인 수법이 바로 천마파옥수였던 것이다.

털썩!

바닥에 주저앉은 한운지는 너무도 엄청나고 끔찍한 현실 앞에 좌절하고 말았다. 그녀는 절로 터져 나오는 통곡을 참기 위해 입을 틀어막아야 했다.

"흑흑……!"

울음을 안으로 씹어 삼킨 그녀는 극도로 상심해 피눈물을 흘렸다.

그녀가 파헤친 엄청난 비밀은 절대 공개되서는 안 될 극비였다. 자칫 황실과 무림 전체가 충돌하는 대참사가 벌어질 수도 있기에 진실은 세상 속에 묻혀져야 마땅했다.

그러나 진실은 밝힐 수 없지만 악마를 그냥 놔둘 수는 없었다.

세상을 속여 온 끔찍한 악마는 바로 남양왕이었던 것이다.

2

"자, 마지막 탕약이다."

은월영이 약사발을 건네자 무불악은 단숨에 탕약을 비우고는 약사발을 내던졌다.

"이제 가도 되는 거지?"

무불악은 허리춤에 간장검을 꿰차고 바람막이를 둘렀다.

은월영이 그를 막아서며 차갑게 말했다.

"무불악, 얘기는 마저 끝내고 가."

"뭔 얘기?"

"네 정체 말이야. 결정적인 순간에 독마가 뛰어드는 바람에 얘기가 끊겼잖아?"

"내가 급히 다녀올 데가 있다. 한 가지 일을 해결한 후 다시 얘기하자."

"대체 무슨 일인데 그래? 활천편작이 왜 네게 제자를 보낸 거야? 유언 한마디 전하지 않았는데 뭘 어쩌려고?"

"넌 몰라도 돼."

무불악은 은월영을 밀치고 전각을 나섰다.

은월영이 급히 따라나서며 어깨를 나란히 했다.

"무불악, 날 다시 찾아올 거지?"

"너 나 좋아하냐?"

"닥쳐! 너 같은 악당을 누가 좋아해?"

"나도 네년은 별로야. 하지만 생각나면 한번 들르겠다. 그 때는 큰마음 먹고 한번 품어주지."

"미친 새끼, 찢어진 입이라고 잘도 읊어대네."

"혹시 검마가 찾아오면 무조건 나를 팔아라. 검마에게는 네년의 어떤 잔머리도 통하지 않으니까 공연히 나서지 마."

무불악은 가파른 계단을 훌쩍 뛰어내렸다.

은월영은 성채를 밟고 날아가는 무불악을 물끄러미 바라보았다.

얼마 전만 해도 불구대천의 원수였는데 이상하게 엮이면서 동료가 돼 버렸다. 천투무적과 혈루시산 같은 절세고수들을 죽이면서 두 번씩이나 합작을 했으니 원수가 아니라 친분이 두터운 동지였다.

은월영은 한 손으로 턱을 괴며 고민스런 표정을 지었다.

"무불악, 저 악당을 어떻게 해야 할까? 날 죽일 생각이 없는 것 같으니 나도 죽이고 싶은 마음은 없어. 친구로 생각하자니 믿을 수 없고, 적으로 삼자니 딱히 그럴 명분도 없어. 그렇다고 안면 몰수하고 살 수도 없고 말이야."

선뜻 판단이 서지 않자 머리가 지끈지끈 아파왔다.

은월영은 고개를 절레절레 흔들었다.

"정말이지 알 수 없는 게 무불악 저 인간의 속내야."

3

독보검궁.

이십 년 가까이 천하를 호령했던 위대한 문파였지만 지금은 저무는 석양처럼 빛을 잃었다. 문을 지키고 있는 검수들의 태도는 당당했지만 왠지 예전의 자부심이 상실된 모습이었다.

이때 한 사람이 진입로를 따라 빠른 속도로 달려와 정문 앞에 이르렀다.

청년은 먼 길을 단숨에 달려왔는지 얼굴이며 옷이 땀과 먼지로 범벅이 돼 있었다.

검수들은 대번에 청년을 알아보았다.

"엇, 사해천악?"

청년은 사파연맹을 떠나온 무불악이었다.

"궁주를 만나러 왔다."

검수들은 이미 지시를 받은 상태라 그의 불손한 태도에도 깍듯하게 예를 표했다.

"잘 오셨소. 잠시만 기다려 주시오."

은검수 하나가 문 안으로 뛰어들어 갔다.

잠시 후 손정휴가 금검수들을 일부 대동해 정문으로 달려왔다.

"정말 무 형이 방문했구려."

"운지에게 얘기를 들은 게 있어서 왔는데 내가 잘못 찾아온 거요?"

"아니오. 솔직히 무 형이 찾아오지 않을까 우려했소. 자, 들어가십시오."

손정휴는 무불악을 독보신검의 개인 연공실로 안내했다.

손정휴는 외부에 대기했고 무불악만 혼자 연공실 안으로 들어섰다.

딱… 딱……!

독보신검 하후패는 연공실 중앙의 원형 좌대에 앉아 혼자서 바둑을 두고 있었다. 품이 넓은 도포를 둘렀고 바람막이까지 걸쳤기에 팔다리가 잘린 사람으로는 전혀 생각되지 않았다.

하후패는 날개가 꺾인 절대자답지 않게 의외로 표정이 밝았다.

"한판 두겠느냐?"

"생각 없소."

"너에 대한 소식은 익히 들었다. 그동안 참으로 엄청난 사고를 쳤더구나."

"궁주, 세상이 놀랄 공적이 한갓 사고란 말이오?"

"본래 공적이란 의지가 담겨야 하는데 너는 전혀 그럴 의도가 없었지 않느냐? 오대천마 중 넷이 네 손에 죽은 것과 다름없지만 그들은 정말 재수없게 사고를 당한 거다."

무불악은 피식 실소를 흘렸다.

“큭, 재수없는 사고라. 뭐 틀린 말은 아니군. 사마귀는 제가 밟힐 줄 모르고 수레바퀴에 대든다고 하던데 사대천마가 바로 주제도 모르는 당랑거철이었소.”

“사대천마는 재수없게 죽었는지 몰라도 천투무적의 죽음은 정말 불운이다. 당대 최강의 투신(鬪神)이 사악한 두 남녀에게 죽었으니 통한일 것이다.”

“죽을 운명인데 어쩌겠소?”

하후패는 바둑돌을 놓으며 차분하게 말했다.

“무불악, 네 몸에서 풍기는 기운이 예전과 다르구나. 예전에 독보검궁으로 나를 찾아왔을 때는 그래도 광명의 기운이 조금 비쳤는데 지금은 어둠의 기운이 더 강하게 느껴진다.”

“이것이 내 본래 모습이오. 그동안은 한운지 때문에 내가 잠시 헷갈렸소.”

“그래, 사람의 근본은 쉽게 바뀌지 않는 법이지.”

“한데 바쁜 사람을 불러놓고 언제까지 혼자 바둑이나 둘 거요?”

“이왕 시작했으니 마무리는 져야 하지 않겠느냐? 그동안 연공실이나 둘러보아라.”

“둘러볼 게 뭐 있소? 죄다 돌뿐인데.”

무불악은 시큰둥한 표정으로 반구형 연공실을 쓸어 보았다. 문득 바닥과 벽, 천장에 새겨진 무수한 검흔이 그의 눈에 들어왔다.

“……?”

무불악은 안력을 높여 검흔을 쫓아 천장과 벽, 바닥을 두루 살폈다.

딱… 딱… 딱……!

하후패는 여전히 바둑을 둘 뿐 어떤 부연 설명도 해주지 않았다. 검흔을 통해 어떤 검법이 전개되었는지 파악하는 것을 오로지 무불악의 판단에 맡긴 것이다.

잠시 후 계가를 마친 하후패가 바둑돌을 쓸어 담으며 물었다.

“모두 보았느냐?”

“보기는 했는데… 잘 모르겠소. 대체 무슨 의미요?”

“본좌가 다시 구주파천과 겨룬다면 패하지 않을 자신이 있다. 하지만 이런 몸으로는 대결이 성사될 수 없다. 하지만 너는 본좌의 일초를 받아냈고 구주파천과도 겨룬 적이 있는 절대 검객이다. 너라면 다시 구주파천과 대결할 자격이 충분하다. 물론 네가 혈루시산을 죽였으니 아마 구주파천이 너를 찾아갈 것이다.”

“그러니까 궁주의 검법을 배워 구주파천과 싸우라는 뜻이오?”

“너는 의천무경의 계승자가 아니더냐? 너의 검법 조예는 본좌에 비해 부족함이 없다.”

하후패는 천장과 벽에 새겨진 검흔을 두루 살폈다.

“이 검흔은 구주파천의 절대마검을 최대한 재현한 것이다.”

“이것이 구주파천의 검법이란 말이오?”

“물론 똑같은 수는 없다. 하지만 원리는 크게 다르지 않을 것이다.”

“너무 어렵소. 이왕 가르침을 주시려면 상세하게 설명해 주시오.”

“당대 최강의 고수들을 연이어 죽인 네가 아니더냐? 무엇을 얻고 깨우치느냐는 온전히 너의 역량에 달려 있다.”

무불악은 자존심이 상해 더는 청하지 않았다.

“알겠소. 한데 내가 구주파천마저 격파하면 천하제일고수가 될 텐데 그래도 괜찮겠소?”

“천하제일고수가 반드시 백도이어야 하는 법은 없다. 흑도면 어떻고 마도면 어떠냐?”

무불악은 기분 좋은 웃음을 터뜨렸다.

“하하하, 아주 지당한 말씀이군. 궁주가 다른 사람처럼 의와 협을 내세우지 않는 게 마음에 드오.”

“무자비한 살인마만 되지 마라. 살심은 네 자신을 해치게 되며 네 심득 또한 잃게 될 것이다.”

“그것 참, 기껏 칭찬해 드렸는데 웬 잔소리요?”

무불악은 석벽에 새겨진 검흔을 매만지며 물었다.

“궁주, 건곤불패는 어떤 사람이오?”

“어떤 의도로 묻는 것이냐?”

“아니, 됐소. 내가 누구를 죽이든 내 마음이니까.”

무불악은 간단히 목례를 취하고는 연공실 입구로 향했
다.

"내가 구주파천을 격파하기나 기원하시오."

이때 하후패의 무거운 음성이 등 뒤에서 들려왔다.

"무불악, 건곤불패는 천투무적에 비해 한 수 위인 절대고
수다. 네가 심득을 얻지 못하면 절대 이길 수 없다."

무불악은 고개를 돌리며 싱긋 웃었다.

"대결에서 이길 수는 없겠지만 죽일 자신은 있소."

4

불패성주 앞으로 한 통의 봉인된 서찰이 전달되었다.

건곤불패 엽운청은 봉인을 뜯고 서찰을 꺼내 보았다. 발신
자는 기재돼 있지 않았는데 내용이 섬뜩했다.

살인마, 나는 네가 활천편작을 죽였다는 사실을 알고 있다.
소화산 낙매봉, 자정까지 기다리겠다. 오지 않으면 네 악행을
세상에 공표할 것이다.

엽운청은 아무런 표정 변화 없이 삼매진화를 일으켜 서찰
을 태워 버렸다.

서찰을 가져온 백을천이 물었다.

"사부님, 잘못 배달된 서찰입니까?"

"아니다. 터무니없는 서찰일 뿐이다."

엽운청은 다시 장자를 읽으면서 물었다.

"천풍무국은 여전히 준동하지 않고 있느냐?"

"그렇습니다. 황금문 인질이 구출되면서 금전적으로 큰 타격을 받았을 텐데 의외로 잠잠합니다. 도무지 저들의 의도를 모르겠습니다."

"사파연맹은 어찌하고 있더냐?"

"저들이 비록 무적궁을 격파했지만 아직 우려할 만큼의 세력은 형성하지 못한 상태입니다. 사실 사해천악의 지원이 없었다면 오히려 사파연맹이 와해되었을 것입니다."

엽운청은 서책을 덮고는 차를 한 모금 마셨다.

"사해천악은 이미 사파로 돌아섰다. 너도 더 이상 그자를 가까이 하지 마라."

"사부님, 그는 잔악한 마왕들을 죽인 영웅입니다."

"또한 의천오절의 유해를 훼손했고 우내삼기에게 암습을 가했으며, 화훼문주와 천투무적을 살해한 악인이기도 하다."

사부의 예리한 반론에 백을천은 그만 입을 다물고 말았다.

자리에서 일어선 엽운청은 제자의 어깨를 다독여 위로해 주었다.

"을천아, 네게는 다행스런 일이 아니더냐? 네가 천기무화와 가연을 맺는다면 본 성의 기반은 더욱 확고해진다."

엽운청은 뒷짐을 쥐고 집무실을 나섰다.

"사부는 잠시 연공실에서 지내겠다."

백을천이 따라 나서며 우려의 빛을 띠었다.

"사부님, 폐관 수련을 끝내신 지도 얼마 되지 않았습니다. 존체가 상할까 걱정스럽습니다."

"허허, 이 모두 불패성과 너를 위한 절기가 아니더냐? 사부는 아직 건재하니 걱정할 것 없다."

엽운청은 몇 걸음을 옮기는 사이 연기처럼 사라졌다.

소화산(小華山).

천하의 명산인 화산의 축소판이라 붙여진 이름이 소화산이다.

낙매봉은 수려하고 치솟은 다섯 개 봉우리 중에서 유일하게 사선으로 기울어진 봉우리다. 그래서 떨어지는 매화라 하여 낙매봉으로 불리게 되었다.

삼경을 넘어선 시각이지만 환한 달빛이 누리를 비쳐 아주 어둡지는 않았다.

이때 단정한 무복 차림의 노인이 낙매봉 기슭에 내려섰다.

등에 검을 멘 노인은 놀랍게도 불패성의 성주 건곤불패 엽운청이었다. 당연히 연공실에 머물러 있어야 할 그가 소화산을 찾아온 것이다.

엽운청은 마치 산책을 나온 사람처럼 천천히 걸으며 달빛

에 물든 소화산을 감상했다. 그러나 한가로운 모습과 달리 그
의 동공은 쉴 새 없이 좌우로 움직이고 있었다.

이때 하나의 그림자가 낙매봉 기슭으로 날아들었다.

다소 오만함이 엿보이는 풍모의 청년은 다름 아닌 무불악
이었다.

무불악을 알아본 엽운청의 얼굴이 묘하게 일그러졌다.

"자네… 사해천악이 아닌가?"

"아니, 불패성주가 아니시오? 야심한 시각에 이곳에는 어
쩐 일이오?"

"소화산의 야경은 절경이지. 가끔 야경을 감상하기 위해
찾아오곤 하네. 한데 자네야말로 소화산에는 어쩐 일인
가?"

무불악은 주변을 쓸어 보며 거칠게 내뱉었다.

"어떤 쳐죽일 놈이 내 비리를 거론하며 이리로 불러내지
뭐겠소? 나를 살인마라며 내 숨겨진 악행을 밝히겠다고 했
소. 나야 겁날 게 없는 사람이지만 어떤 놈의 소행인지 하도
괘씸해서 참을 수가 없었소."

무불악은 자신의 이마를 가볍게 쳤다.

"가만, 혹시 성주도 그런 해괴한 서찰을 받고 소화산에 온
것은 아니요?"

"나는 모르는 일일세."

"정말… 서찰을 받고 나온 것이 아니란 말이오?"

“소화산 야경을 감상하기 나온 것이라 하지 않았던가?”

엽운청이 완강하게 부인하자 무불악이 표정을 굳히며 차갑게 내뱉었다.

“살인마! 불패성주에게 봉인된 서찰을 보낸 사람이 바로 나다.”

“뭐, 뭐야……?”

엽운청의 눈에서 흉포한 기운이 뿜어졌다.

“네놈이… 서찰을 보낸 당사자란 말이냐?”

무불악은 잔뜩 격분한 모습으로 외쳤다.

“흉악한 살인마! 당세의 신의를 왜 죽었어? 대체 무슨 의도로 활천편작을 죽인 것이냐?”

『악중협』 5권에 계속…

화산
검종
華山劍宗
한성수 新무협 판타지 소설

은하의 계곡

무천향

武天鄉

허담 新무협 판타지 소설

뿌리를 찾아가는 목동 파소의 여행.
그 여정의 끝에서
검 든 자들의 고향 대무천향 (大武天鄉)을 만난다.

검객 단보, 그는 노래했다.

…모든 검 든 자들의 고향 무천향.
한초식의 검에 잠든 용이 깨어나고, 또 한초식의 검에 잠든 바다가 일어나네.
검의 흐름을 따라가다 보면 어느새, 세월도 잊어버리고, 사랑도 잊어버리고,
무공도 잊어버려…….
결국에는 자신조차 잊어버리는…….

은하의 가장 밝은 빛이 되어버린다는
그 무성(武星)들의 대지(大地).

아, 대무천향(大武天鄉)이여!

낭왕 狼王

별도 新무협 판타지 소설

살내음 나는 이야기에 여러분은 가슴 졸인 적이 있는가?
남들이 볼까 두려워하며 책을 가리면서 읽었던 구절을 몇 번이나 반복하며
읽은 적이 없는가?

구무협의 향수를 그리워하던 별도가 결국은
〈무협의 르네상스〉를 부르짖으며 직접 자판 앞에 앉았다.

"제가 무협을 쓰기 시작한 이유는 더 이상 읽을 책이 없었기 때문입니다."

모든 일은 4 년 전부터 시작되었다.
살인사건을 배경으로 펼쳐지는 음모와 배신, 사랑과 역공작,
그리고 정사!

우리 시대의 이야기꾼, 별도의 새로운 글, 〈낭왕狼王〉!
〈천하무식 유아독존〉, 〈그림자무사〉, 〈검은여우黑心狐狸〉에
이은 그의 또 하나의 역작!

화공도담

畵工道談

예(禮)와 법(法)을 익힘에 있어
느리디 느린 둔재(鈍才).
법식(法式)에 얽매이기보다 마음을 다하며,
술(術)을 익히는 데는 느리지만
누구보다 빨리 도(道)에 이를 기재(奇才).

큰 지혜는 도리어 어리석게 보이는 법[大智若愚]!

화폭(畵幅)에 천지간(天地間)의 흐름을 담고
일획(一劃)에 그리움을 다하여라!

형식과 필법을 익히는 데는 둔하나
참다운 아름다움을 그릴 수 있게 된
화공(畵工) 진자명(陳自明)의 강호유람기!

미친 바람이 동해에서 불기 시작했다!
둥지를 떠난 광룡(狂龍)이 강호에 나타났다!

내가 가고 싶은 대로 간다.
내가 하고 싶은 대로 한다.
누구도 내 앞을 막지 마라!

한겨울, 마침내 광룡의 전설이 시작되고,
천하가 광룡과 빙심에 뒤집어졌다!